Dos tardes
para leer juntos

por Sergio del Molino

Editor invitado
de la colección Dos tardes
en Alianza

Dos tardes no bastan para conocer a una persona. Dos tardes
no bastan para leer a un escritor. Pero dos tardes sobran para
enamorarse. Dos tardes sobran para que las amistades echen a
andar. Esta nueva colección de Alianza reivindica la profundidad
que se esconde en la ligereza de dos tardes. Ese es el tiempo
medio que los lectores pasarán con estos libros. La esperanza de sus
autores —y la mía, padrino del invento— es que estas dos tardes
sean solo las primeras que los lectores pasen en compañía del
escritor objeto de cada título. El propósito es que se contagien del
entusiasmo de quienes los recomiendan y se sumerjan en su obra.

Hemos invitado a algunos de los mejores escritores
contemporáneos en español a que compartan su pasión por un
autor clásico incluido en la Biblioteca de autor de El libro de bolsillo
de Alianza Editorial. No hay aquí lecciones magistrales ni
monografías de especialista, sino entusiasmo genuino de escritor a
escritor. Grandes maestros de ayer contemplados con los ojos de
los maestros de hoy.

La literatura, placer solitario e íntimo tanto para quien escribe
como para quien lee, no ofrece muchas ocasiones para socializar
los entusiasmos. Con esta colección queremos llevar las grandes
conversaciones literarias a las manos de todos los lectores.
Y pasar juntos dos tardes que no olvidarán.

Espido Freire

Dos tardes
con Jane Austen

Alianza editorial
El libro de bolsillo

dos
tardes

Diseño de colección: Estrada Design
Diseño de cubierta: Manuel Estrada
Fotografía de Javier Ayuso

PAPEL DE FIBRA
CERTIFICADA

© Espido Freire, 2025
© Alianza Editorial, S. A., Madrid, 2025
  Calle Valentín Beato, 15
  28037 Madrid
  www.alianzaeditorial.es

ISBN: 978-84-1148-912-6
Depósito legal: M. 126-2025
Printed in Spain

Si quiere recibir información periódica sobre las novedades de Alianza Editorial, envíe
un correo electrónico a la dirección: alianzaeditorial@anaya.es

Índice

A los que la aman.

Prólogo

Las obras de Jane Austen han gozado de tanta aceptación desde que fueron publicadas y se han popularizado tanto en los últimos años que incluso gran parte de quienes nunca la han leído podrían citar algunos datos muy específicos sobre ella. Sabrían, por ejemplo, que vivió durante el periodo de la Regencia en Inglaterra, que nunca se casó, cómo vestía, y serían capaces de citar una o dos obras suyas.

Jane se ha convertido en uno de esos autores clásicos amados, reeditados e inconfundibles y, dada la escasez de mujeres en esa categoría, su caso resulta aún más excepcional: sin embargo, gran parte de la amable impresión que su figura causa se debe a una confusión heterogénea y caótica entre su vida y el carácter de sus personajes, en especial el de Elizabeth Bennet, la protagonista de *Orgullo y prejuicio*; y sus circunstancias y la de su época han sido interpretadas de manera tan errónea que casi podríamos hablar del periodo de la Regencia como una caricatura, o, al menos, como un marco en el que cabe cualquier tema atractivo (romance, sexo, feminismo, conspiraciones, posiciones políticas sobre la identidad sexual o racial, intrigas palaciegas), por anacrónico que sea.

Es más, el entusiasmo y la capacidad de identificación que Jane generan resultan tan profundas que la interpretación contemporánea ha colocado a la escritora en el centro de su familia, de su sociedad e incluso de su tiempo, y la contempla y debate sobre ella, sus gustos, sus amoríos, sus desgracias o sus características literarias conforme a la importancia de la que en la actualidad goza. Es agradable que el tiempo compense algunas de las crueldades con las que la historia afligió a las autoras del siglo XIX, pero insistir en esa versión janecéntrica nos lleva a perdernos una de las miradas más interesantes, más inteligentes y peor comprendidas de la historia de la literatura.

La culpa de esto, por supuesto, no es de los lectores. Cuando Jane Austen llega a nosotros muchos otros ojos la han analizado y modificado, y nos han presentado una visión parcial de ella a menudo deudora de otros intereses. Ese proceso comenzó muy pronto, con la publicación de su primera biografía, trazada al poco de su muerte por su hermano Henry Austen, y continuó con las que escribieron su sobrino, su sobrino nieto y otros parientes. En efecto, la figura de Jane no solo fue modelada desde su inicio por una mirada masculina (y luego veremos las complicaciones que eso conlleva) sino por la de hombres de su propia familia, que perseguían, todos y cada uno de ellos, sus propios intereses y su propia afirmación.

Es más, la propia Jane mantuvo durante toda su vida una dualidad que, si bien resulta muy interesante como objeto de estudio de la época, complica el que pueda ser etiquetada con la facilidad con la que a menudo se ha hecho. Jane no se comportaba de igual manera en su círculo íntimo que en el entorno social, no era la misma cuando hablaba que cuando escribía cartas, ni estas contenían la misma información y tono si se dirigía a los hombres de su familia o a su hermana y amigas. Y, desde luego, hay enormes diferencias entre la Jane de veinte años que en 1795 baila y coquetea en Steventon, y escribe la primera versión de una novela titulada *Elinor y Marianne,* y la que en 1810 corrige en Chawton la historia definitiva, que llamará *Juicio y sentimiento.*

En la primera, en la joven Jane, se busca de manera frenética la existencia de un romance, o dos, o tres, que salpimenten su juventud y la alejen de la desesperante falta de acontecimientos épicos que fue su vida. En la segunda, en la Jane de madurez, se intenta hallar el poso de la genialidad, las claves por las que esta escritora inmersa en un contexto tan gris logró escribir como lo hizo: un secreto, un código. Algo.

Las autoras que vinieron inmediatamente después lo ponen más fácil: Mary Shelley, Virginia Woolf, Emilia Pardo Bazán, Edith Wharton o incluso las Brontë, vistas bajo cierta luz, poseen biografías apasionantes, obedecen con mayor exactitud a imágenes y prototipos de escritoras que supeditan su vida a su obra, o al menos completan una con otra. Pero Jane no. Jane nos sonríe y desaparece, se fusiona con el fondo de la imagen, nos obliga a conciliar la posibilidad de que una mujer absolutamente corriente en comportamiento y hechos sea al mismo tiempo una escritora extraordinaria. La disonancia que eso provoca ha generado multitud de interpretaciones erróneas e incluso falseadas, tal es la necesidad de que la realidad obedezca a nuestros deseos.

Con todo, siempre he creído que la Jane real resulta mucho más interesante, más coherente, que las diversas versiones ficticias. Una Jane capaz de lanzar dardos envenenados contra sus vecinos en las cartas a su hermana, a la que al mismo tiempo le consultaba el desarrollo de sus personajes y le describía los sombreros de moda. Una Jane parcial, con favoritos entre sus hermanos y sus sobrinas, que a su vez la adoraban o rehuían, la que se levantaba con resaca tras un baile o se alegraba, años después, de no tener que arreglarse para salir esa noche, a la que arruinó el mismo hermano que luego sería, qué cosas, el más ferviente colaborador para que su obra fuera editada. Una mujer que se comportó según todas las normas de una sociedad que la utilizaba y la despreciaba; que observaba desde una esquina del salón la soberbia, la ignorancia, la hipocresía y la mezquindad de aquellos que conformaban la buena sociedad, a los que despedazaría después en retratos que siguen hoy tan vivos, tan coloridos, como el día en el que fueron trazados.

La mirada de Jane contiene un universo mucho más complejo y contradictorio que la forma estereotipada a la que se ha pretendido reducirla. Quizás el error consista en observarla *a ella*, en lugar de contemplar su mundo *a través* de ella. Y eso pasa por comprender con cierta hondura no solo el momento en el que vivió, la familia en la que se crio, sino también la clase social a la que pertenecía, la nobleza rural inglesa o *gentry* y dónde la ubicaba esa sociedad, quisiera Jane o no. Ese círculo, en el que ella se movió durante toda su vida, poseía características muy definidas, muchas de ellas sutiles y complicadas de comprender.

Entendemos por nobleza rural al grupo minoritario (en torno a unas 27 000 familias, un 1,5 % de la población en 1800) de propietarios terratenientes que vivían solo o mayoritariamente del arrendamiento de sus tierras; y a sus descendientes, aunque ya no poseyeran tierras. Los grandes terratenientes formaban la llamada *landed gentry*. Eran de confesión anglicana, y cercanos al partido conservador. El origen de estas familias no tenía por qué ser noble. Un comerciante podía asegurar que sus hijos ingresaran en esta clase social con la adquisición de terrenos, siempre que ellos no continuaran con el comercio. En la época de Jane, las tierras provenían casi siempre de herencias, como en el caso de su hermano Edward Austen Knight, o por asignación directa, como en el de su padre, que tras ser nombrado rector de Steventon gozaba también de las fincas asignadas al cargo.

A menudo las tierras, al igual que los títulos nobiliarios, se encontraban sujetos a un mayorazgo y a la transmisión hereditaria por vía masculina. Eso generaba que fueran los primos, tíos o parientes lejanos los que heredaran, en prejuicio de las hijas y nietas, o que un único hijo gozara de todas las posesiones. Las Dashwood, en *Juicio y sentimiento,* se encuentran en esa situación al inicio de la novela. Los herederos podían asignar determinadas rentas al resto de los miembros de la familia, que dependían de su favor, pero se reservaban el derecho a reducirlas o a retirarlas. Quienes no estaban destinados a heredar podían dedicarse a la iglesia, el ejército, el derecho y, por supuesto, a las inversiones. En el caso de la mujer no se planteaba ninguna de estas salidas, dado que su misión era el matrimonio, o el cuidado de los suyos, en caso de que no se casara.

La posesión de la tierra daba derecho a voto, a influencia y a una fuerte identidad social. Las grandes parcelas se dividían en granjas o explotaciones arrendadas a los campesinos que las cultivaban; los dueños, en muchas ocasiones ausentes, delegaban la supervisión de sus bienes en administradores y mayordomos, pero reforzaban su presencia y su control sobre ellas con la edificación de una casa solariega.

Esta casa o *manor* podía ser la residencia permanente o estacional; muchas familias adineradas vivían en la ciudad o se turnaban en las distintas posesiones. De hecho, el regreso a Londres de los aristócratas y la nobleza menor tras la temporada de verano y la caza otoñal en las casas de campo iniciaba la temporada o *season*, que era el periodo durante el cual tenían lugar los bailes, la escena teatral y la vida social más activa.

La *manor* ganaba prestigio si era antigua pero reformada con el mayor lujo posible. La casita que Edward Austen Knight cedió a su madre y a sus hermanas, Chawton Cottage, se encontraba entre las propiedades incluidas en una herencia que recibió en un momento dado, y cuya mansión principal era Chawton House. Aunque muy modificada, esta mansión databa del siglo XVI, y eso se percibe tanto en la distribución interior como en la apariencia externa. La época de la Regencia se caracterizó por un elegante estilo paladiano, muy reconocible, que unificó la apariencia de muchas casas solariegas, algo que no ocurre en este caso. Edward Austen mantuvo Chawton House como una residencia secundaria, mientras que la principal siguió siendo su mansión de Kent, Godmersham Park.

En cualquier caso, el estatus del señor se palpaba en las dimensiones de la casa, en el diseño y extensión de sus jardines y parques, en su biblioteca, o en señales menos evidentes como el número de ventanas, como muy bien nos demostrará Elizabeth Bennet; podía deducirse el refinamiento de los miembros de la familia en la variedad de las especies de rosas, la colección de arte y antigüedades cuidadosamente expoliadas del sur de Europa o en la posesión de un salón de baile destinado en exclusiva a ese propósito. De los señores no solo se esperaba que recibieran a menudo a sus vecinos, sino que agasajaran a invitados y huéspedes con bailes y cenas. Las estancias prolongadas de amigos o parientes, que podían durar meses e incluso años, formaban parte de ese estilo de vida.

Jane pertenecía a la *minor gentry*, la rama más empobrecida de la nobleza rural, compuesta por los descendientes que acabaron en el clero, la abogacía o el ejército pero que mantenían vínculos con la *gentry* y formaban parte de ella por derecho. La situación económica, por desesperada que fuera, no afectaba a la pertenencia de clase. Salvo enormes infortunios o malas decisiones reiteradas, se nacía y se moría dentro de la nobleza rural.

Era esta una sociedad que vivía por y de los contactos, vitales tanto para hombres como para mujeres. El trato social generaba una recomendación para un puesto vacante, una visita afortunada propiciaba un cortejo o una invitación a un baile; las familias se conocían por vecindad, por compartir parroquia, o porque asistían a las mismas fiestas, practicaban los mismos deportes o tenían amigos en común. Se generaban complicados lazos de influencia, poder y exclusión. Fuera de la maraña social asociada a su propia clase, el individuo poseía escasas posibilidades de sobrevivir, y el acceso a este mundo sin una conexión o un protector se producía en pocas ocasiones.

La riqueza, considerada un don de Dios a los más aptos, no debía disfrutarse de manera hedonista, sino que conllevaba una responsabilidad: mientras las mujeres dedicaban su tiempo y parte de su asignación a la caridad y el auxilio de los más necesitados, se esperaba de los hombres que se involucraran de alguna manera en el servicio público con un periodo de servicio en el ejército, la milicia o la iglesia. Henry Austen, el cuarto hermano de Jane, pasó por todos ellos. Ocupaciones como la de juez de paz no conllevaban remuneración, con lo que solo podían acceder a ellas quienes ya poseían otros ingresos. Eso aseguraba que el control y la transmisión del poder se perpetuara en los mismos entornos.

En realidad, existía un convencimiento general acerca de su derecho al liderazgo y al mando: la herencia, los recursos económicos y su mayor formación académica reforzaban la creencia de que eran los más aptos para desempeñar esas funciones. Con el tiempo la clase media, que obtenía sus ingresos de sus propios oficios o el comercio, comenzó a competir por el espacio que ocupaba la nobleza rural. Estos, arruinados o desposeídos, continuaron manteniendo una presunta superioridad de clase basada precisamente en los contactos, en su preeminencia social y en su paradójica inutilidad para el trabajo.

El eje temático de las novelas de Jane gira en torno a que los miembros de la nobleza rural debían casarse entre ellos, dentro del abanico que ofrecía y de una relativa flexibilidad permitida, y a las situaciones, en ocasiones aborrecibles, que eso producía; en casos en los que se poseía un título o una heredad, pero este no conllevaba grandes ingresos, o se encontraba endeudado, se abría la posibilidad de casarse con miembros de otros estratos sociales que se hubieran enriquecido con el comercio, el ejercicio de la abogacía u otros oficios. Por otro lado, familias con rentas inusualmente altas podían aspirar a un enlace con la aristocracia menor. Ambos casos se exponían a severas críticas, en especial si era la mujer la que descendía de grado.

Gran parte de las aficiones del entorno de Jane se explican por el hecho de que la literatura, el teatro, la música, el cultivo de las artes (muy en especial, el baile) y la práctica de algunos deportes pasaron a ser una imposición de clase a lo largo del siglo XVIII. El mecenazgo individual o la pertenencia a ateneos, clubes o círculos culturales formaban parte de los requisitos sociales. Es más, esta exigencia aumentó a medida que los nuevos ricos entraban en estos círculos: dado que no habían podido disfrutar de los estudios universitarios, el Grand Tour o las tutorías privadas, su falta de apreciación del arte los delataba ante las antiguas familias.

En el caso de las jóvenes, la familiaridad con las artes formaba parte de las habilidades que las convertía en más apetecibles: la acuarela, los bordados en seda, cantar o tocar algún instrumento, el dominio del francés y del baile permitían que mostraran su destreza e inteligencia y que entretuvieran a familia e invitados. Pero sobre todo confirmaban que habían tenido acceso a esa formación, que poseían ese requisito de clase.

Jane tocaba y cantaba bastante bien. Su hermana Cassandra pintaba. Ambas contaron con un profesor de baile, pagado con gran esfuerzo por sus padres. Desde luego, solo se esperaba que fueran aficionadas. Sobra decir que la profesionalización de cualquier de estas disciplinas hubiera estado fuera de lugar.

La educación, por otra parte, no solo incluía las buenas maneras y la forma correcta de comportarse, sino un sentido moral de la existencia que incluía el deber, el honor y un concepto de familia al que se supeditaban otros intereses como el amor o la búsqueda de sentido individual. Hombres y mujeres aprendían a moderar sus reacciones y a mantener bajo control sus sentimientos, y, en el caso de ellas, se esperaba que se acostumbraran al sacrificio: el de su tiempo personal, el de plegar su voluntad a la de sus parientes varones, el de sus gustos e incluso el de su propia salud. Relegadas durante la mayor parte de su vida a la esfera privada, sus incursiones en la esfera pública debían regirse por la modestia, el decoro, la obediencia y la piedad.

Estas exigencias, que se encuentran en todos los personajes de Jane Austen, son complicadas de comprender, y muchas de ellas resultan de imposible adaptación a la actualidad. En especial en las versiones audiovisuales, los malabarismos para que sus jóvenes protagonistas encajen con una mentalidad posterior y el concepto de pareja o independencia contemporáneas son constantes, y a veces descarados. Jane nunca premia el impulso o el modelo amatorio que se impondría a partir del Romanticismo; y sin embargo, presenciamos con asiduidad lecturas e interpretaciones actuales que parten de esa premisa.

Con todo, era esta una época optimista, con una enorme fe en las posibilidades de la educación, siempre que esta fuera la adecuada y conveniente a cada clase, sexo y estado. La curiosidad por la ciencia, el abaratamiento progresivo de la impresión de libros y periódicos, y el interés por el mundo clásico, además de la pasión por la lectura, la filosofía y la escritura, abrían nuevos horizontes para las mentes curiosas.

Es más, permitían algo que muy poco tiempo atrás hubiera resultado inconcebible: que una mujer, una buena chica perteneciente a la baja nobleza rural, pudiera publicar textos de ficción y obtener un beneficio económico de ello. La Regencia alentó la abundancia de lectoras, y propició la aparición de escritoras profesionales para satisfacer la inagotable demanda de nuevas novelas.

Y gracias a esa necesidad del mercado literario, y fruto de esta época, de esa sociedad y de ese entorno, leemos hoy a Jane.

1. La niña

Una de las primeras sorpresas que se lleva quien se acerca a la vida de Jane Austen es el desagradable descubrimiento de la poca relevancia que tuvo en su círculo y la mínima importancia que se le dio en su familia mientras estuvo viva. Dado que Jane se ha convertido en uno de los referentes principales de su época y en la vía de acceso de muchos lectores para conocer sus usos y costumbres, cuesta comprender que no detectaran y celebraran su talento, que no fuera, como sus personajes, la protagonista de la historia de su entorno.

Las primeras biografías que se ocupan de ella proceden, como ya he dicho, de los propios Austen, e insisten en su supeditación al orden familiar y a la moral de la época. Como es lógico, muestran a una Jane discreta, tímida, una violeta oculta y humildísima que, casi sin pretenderlo, generó una obra inmortal entre visita y visita de sus sobrinos. Cada rama familiar, además, insiste en la influencia que su propio antepasado ejerció sobre tía Jane.

Los Austen Knight, descendientes de Edward, insistirán en el acceso a la biblioteca y a los contactos refinados que Jane, la ratoncita de campo, obtuvo gracias a él. Esta rama de la familia son los que vivieron en Chawton hasta tiempos relativamente recientes. Los Austen Leigh, que proceden de James, el hermano mayor, y que se quedaron en Steventon, no se sonrojarán al designar a su antepasado como el maestro principal y el consejero de las lecturas de Jane, la ignorante hermanita menor, y olvidarán convenientemente los sermones en los que este abominaba de las novelas.

Dado que los dos hermanos más cercanos a Jane, Cassandra y Henry, y los que más influyeron en su carrera literaria, fallecieron sin descendencia, y que Cassandra en particular calló siempre en vida como una muerta, nos hemos quedado sin su versión: hemos de matizar las versiones oficiales con el conocimiento de la mentalidad de la época, la cronología, y con las declaraciones, mucho más desgarradas y mordaces, que ella misma realiza en sus cartas. Pero, cuidado, la Jane de la correspondencia tampoco es, presumimos, la Jane real. En ella se permitía desahogos, exabruptos, confesiones y ataques destinados a unos ojos muy concretos, los de su hermana, que entendía ese código desde niña. Las cartas de Jane buscaban que su lectora principal y primera se riera y se divirtiera, y para ello no le importaban las exageraciones, la mordacidad o directamente la fabulación. Jane tampoco era enteramente esa. Nunca hubiera permitido que sus sobrinos varones oyeran o leyeran según qué frases formuladas por ella y que podrían resultarles hirientes. Si lo entendemos así, comprendemos mejor la destrucción de parte de esos documentos y la versión complaciente, incluso infantilizada, que se transmitió de ella.

Lo cierto es que esta mirada interesada de sus parientes resulta muy humana, incluso lógica, dado el contexto: cuando muestran a Jane como una mujer que rehuía cualquier tipo de atención destinada a ella o enfatizan su entrega a los sobrinos son fieles a cómo ellos recuerdan que se comportaban las dos tías solteras de Chawton Cottage y además refuerzan el modelo ideal, respetable, de una mujer de la época en la que Jane vivió. Y cuando los lectores victorianos demanden conocer su rostro, o algún detalle de su vida privada, protegida los años anteriores a cal y canto por sus hermanos, los sobrinos no dudarán en encargar un retrato falso que encaje con sus gustos. Rastrearán en los recuerdos, en las conversaciones mantenidas muchos años antes con su madre o con sus tías algún atisbo de romance en la vida de Jane, porque ellos mismos considerarán adecuado lo que la generación anterior ni siquiera contemplaba.

Esto se entenderá mejor si recordamos que la vida de Jane coincide con el periodo georgiano, es decir, la época, comprendida entre 1714 y 1837 en la que los reyes Jorge I, Jorge II, Jorge III, Jorge IV y Guillermo IV ostentaron el poder en Inglaterra. La Regencia, con la que se le asocia tan estrechamente, se debió a que el rey Jorge III enloqueció, y su hijo, el príncipe de Gales, se hizo cargo del trono entre 1811 y 1820. Durante el siglo largo que duró la época georgiana los valores de la Ilustración y el racionalismo dieron paso a la reacción contra la Revolución Francesa y a las guerras napoleónicas. En los últimos años de la vida de Jane autores plenamente románticos, como Lord Byron,

Shelley o Walter Scott, publicaban y despertaban pasiones. Por eso las heroínas de esos poemas y novelas visten como lo hacía Jane, aunque se comporten de manera completamente opuesta, y de ahí a menudo la confusión a la hora de interpretarla.

Las novelas de Jane hablaban de un mundo en trance de desaparecer que ya se había esfumado cuando sus sobrinos hablaron de ella. Como nunca dejaron de leerse, no hubo un momento en que se retomaran y se interpretaran desde un sentido histórico estricto, sino que los lectores proyectaron en ellas el momento en el que vivían. Y, a finales del siglo XIX, acostumbrados a vidas como las de lady Hamilton, a amores como los leídos en *Cumbres Borrascosas*, demandaban, de una manera muy parecida a como se hace en la actualidad, lo mejor de los dos mundos: el equilibrio, la contención y la estética de la época de Regencia, considerada más pura y más auténtica que la sociedad mercantilista y mecanizada en la que ellos vivían, y la pasión y el desgarro amoroso que ya se habían conquistado. Y los sobrinos, como pudieron, les dieron lo que deseaban.

Pero, embellecimientos aparte, vayamos a la realidad. Y la realidad es que Jane nació tras seis hermanos en una familia que durante toda su vida realizó complicados equilibrios económicos para mantenerse. Era la segunda niña, y al igual que con su hermana mayor su futuro podía adivinarse, a grandes rasgos, desde la cuna. La misión vital de las mujeres se encontraba aún más prefijada que la de los varones de su mismo rango, y su deber consistía en llevarla a cabo con la menor originalidad posible.

En este punto, la educación tradicional se daba la mano con las nuevas teorías propugnadas por Rousseau en *Emi-*

lio o De la educación, publicado en 1762: la diferencia esencial entre hombres y mujeres otorgaba a estas una docilidad y una pasividad idóneas para el hogar y la reproducción. El fin último de las mujeres consistía en el cuidado de los otros, en dar a luz y criar a los hijos y en que la vida de los hombres fuera lo más dulce y agradable posible. Para ello, estaba plenamente instituido que la educación de las niñas debía enfocarse en relación a la de los varones, que asumían a cambio el mantenerlas y protegerlas. El hombre, como participante de pleno derecho de la sociedad, obtenía un reconocimiento como ciudadano, marido y padre. La mujer, en la esfera privada, debía ayudar a que así fuera.

Estas premisas, reforzadas por la iglesia anglicana y por el estricto control social de una comunidad pequeña en la que todos se conocían y se vigilaban, marcaban las normas con las que Jane, su hermana, sus amigas y primas y también sus sobrinas debían jugar. Y, en esencia, no se ponían en duda. Si bien algunos autores radicales propugnaban que los derechos de las mujeres y su educación debían ser iguales a los de los hombres, esas ideas calaron poco o nada en su entorno, y el precio personal y público que autoras como Mary Wollstonecraft o su hija, Mary Shelley, contemporáneas de Jane, pagaron por defenderlas servía como advertencia a quienes deseaban explorar esos caminos.

Jane sería educada para convertirse en la mejor esposa a la que un clérigo podría aspirar; ese había sido el camino de su madre, de su hermana, de varias de sus tías e incluso de sus cuñadas. Una comunidad de mujeres sensatas, bien educadas, prácticas, abnegadas y encantadoras que conocían perfectamente cuál era su lugar en sociedad y, por descontado, el de los otros. Si lograba eso habría cumplido con su cometido. Si, por desventura, no gozaba de tal suerte, su entorno se encargaría de proveer por ella.

El padre de Jane, el reverendo George Austen, nacido en Kent, había partido de una situación desventajosa en su infancia: huérfano a una edad muy temprana, su madrastra había heredado todos los bienes y se había desentendido de los cuatro hijos previos. Sin padre, ni madre, ni perrito que les ladrara, los niños acabaron repartidos entre los diversos tíos, que hicieron por ellos lo que pudieron. De ellos perderemos la pista al hijo mayor y a la niña menor. George y su hermana Philadelphia, los dos medianos, mantuvieron el contacto durante toda su vida, y sobrevivieron gracias a su atractivo físico, su inteligencia y a una dosis importante de buena suerte.

Los parientes protectores de George, su tío Frank Austen y su primo el señor Knight, consideraron que sería una lástima que el chico, tan despierto, siguiera el oficio del padre, un vulgar médico, y encaminaron su talento hacia la universidad de Oxford, con la intención de que formara parte de la iglesia. Philadelphia vagabundeó por varios oficios, algunos de ellos poco respetables, y acabó por embarcarse rumbo a la India, donde los ingleses expatriados reclamaban la presencia de jóvenes lindas y bien educadas. Philadelphia casó muy bien, y regresó a Inglaterra rica y con una preciosa niña, Eliza, de la que hablaré más adelante.

George también logró un matrimonio por encima de sus expectativas con una mujer de rango superior al suyo, si bien dentro de su clase: Cassandra Leigh pertenecía a una familia antigua, con lazos aristocráticos, bien anclada en el mundo universitario. Cuando se casó no era ninguna niña: contaba con veintiséis años, y aportaba al matrimonio una madre viuda y un hermano con una importante discapacidad y la urgente necesidad de proveerlos. Pero también aportaba otro hermano, James Leigh, que heredaría una fortuna, su extensa red de contactos, y un sentido común a toda prueba que la convertía en una esposa valiosísima para un joven vicario guapo, espabilado, pero sin dinero ni asignación definitiva como era George.

Eran, además, tal para cual. Sensatos, prácticos, trabajadores, de ingenio rápido y valores acordes. Aunque cuando leemos las primeras biografías asistimos a un enorme despliegue de medios para convencernos de su excepcionalidad, eran una familia más de la pequeña nobleza rural, con un pie anclado en el campo y otro en el mar, con sus amigos pobres y algunas conexiones más acomodadas. Si logramos librarnos de la agobiante sensación de superioridad social e intelectual de los Austen sobrinos y de sus interpretaciones a posteriori tendremos una visión más acertada de las circunstancias en las que se crio Jane.

Los niños, como se esperaba de ellos, llegaron en rápida sucesión. Demasiado rápida, a juicio de los tíos, que veían espantados cómo los recién casados traían al mundo un niño varón por año, a los que habría que mantener y encaminar hacia diversas carreras. Para entonces, George había obtenido de sus protectores dos parroquias, Deane y Steventon, en Hampshire, donde la familia se asentó antes de que Jane naciera.

La rectoría de Steventon no pertenecía a los Austen, por más que vivieran en ella casi toda su vida. Su padre tenía el derecho de explotación tanto del diezmo de los fieles como de las granjas asociadas, dado que sus protectores habían comprado el puesto para él: pero nada de eso era definitivo, y en caso de fallecimiento, su viuda y sus hijos deberían abandonar la casa para cederla al nuevo rector. Una situación delicada, pero que se daba, como veremos con las hermanas Lloyd, con cierta frecuencia.

El esfuerzo que supuso asentarse en una casa que se encontraba en malas condiciones, la planificación del trabajo y la explotación de las granjas y cómo se ganaron la confianza y el respeto de los feligreses, en un momento en el que la iglesia anglicana atravesaba una importante crisis y una pérdida de prestigio creciente, dan fe de la capacidad y el entusiasmo del matrimonio. Los dos partían de cero en una zona deprimida, rural y atrasada. La mejora de las condiciones de vida de los habitantes era no solo el deber del vicario, sino su garantía de que los diezmos con los que se sustentaba aumentaran a medio plazo. Compartían esa misma misión con otros clérigos como los Lefroy, cuya mujer había abierto una escuela en Ash para los hijos de los campesinos. Esa dama, Anne Lefroy, sería, con el tiempo, mentora y confidente de la niña Jane.

Jane vino al mundo un 16 de diciembre de 1775. Una niña larguirucha tras un embarazo más largo de lo normal, de grandes ojos color avellana y que, según su padre, se parecía a su hermano Henry, y sería *en estos momentos una muñeca para su hermana y en un futuro, su compañera*. Así sería. Nacía en un entorno en el que su posición y su hueco quedaban determinados por los ya existentes.

Hasta el mes de abril de ese año inusualmente frío y desapacible, Jane vivió pegada a su madre: la costumbre de la época dictaba que durante las semanas siguientes al parto la madre y el bebé no abandonaran la habitación, sumida en la penumbra y poco ventilada para que no entraran vapores nocivos.

El puerperio o confinamiento cumplía varios propósitos: la madre, cuidada por otra mujer de la familia, podía reposar, recuperarse y amamantar al recién nacido durante ese tiempo sin ocuparse del resto de los niños o de las tareas domésticas. Se evitaba también el que se reanudaran las relaciones sexuales demasiado pronto, y con ello la posibilidad de un embarazo inmediato. Era también una medida para detectar y atenuar la llamada *locura puerperal*, que no era sino la depresión postparto. La madre recibía también una alimentación especial, rica en nutrientes y calorías, destinada a su recuperación. Y, no menos importante, se reforzaba el vínculo femenino entre parientes de sangre o por matrimonio, que cuidaban o eran cuidadas a su vez cuando era su turno. Como Jane conocería, entre las tareas de las solteronas de la familia se encontraba la asistencia a sus familiares casadas durante el puerperio.

Se abría también un paréntesis para el duelo y la organización familiar en caso de que la madre, el bebé o ambos fallecieran. Uno de cada cuarenta partos conllevaba la muerte de la madre, y la mortandad infantil antes del tercer año era muy alta.

Tras esa fase, la nena fue entregada a un ama de cría, la señora Litteworth, de Cheesedown Farm, que se ocuparía de ella durante sus primeros años de vida, hasta que pudiera caminar por sí misma y hablar; es decir, hasta que tuviera *edad de entendimiento*. Según el uso de la época, ese sistema solo aportaba ventajas. Los bebés se criaban en el campo, en un ambiente sano, durante el periodo más peligroso de la infancia. La madre podía así centrarse en los hermanos mayores, en moldear su carácter, que se creía que no despertaba hasta cierta edad, y en las necesidades del marido. Y, en caso de que el nuevo niño falleciera, se protegía al grupo familiar de la pena y de la ausencia.

Los lazos afectivos entre padres e hijos y entre los hermanos mayores y menores se encontraban teñidos por el deber, la obligación y el cuidado. La parentela resultaba más importante que el individuo, y el orden de nacimiento y el sexo regían esas relaciones. En algunas familias muy numerosas los hermanos sustituían a la figura materna o paterna, demasiado ocupada o ausente. Los niños abandonaban la casa pronto, las niñas se casaban jóvenes. Se presuponía un afecto que no siempre se mostraba: por mucho que los autores de la época empleen los mismos términos (cariño, maternidad, amor), el significado de muchas de estas palabras se ha deslizado hacia lo que en estos días consideramos *normal*, y que no es sino la evolución a lo largo de dos siglos de la vida afectiva y familiar.

Jane vivió hasta su muerte con su madre, salvo los cortos periodos de tiempo en los que visitaba a sus hermanos, y la relación parece haber incluido tiranteces y desacuerdos: las dos contaban con un humor ácido y con el dominio del lenguaje. En algunas de sus cartas, Jane habla de la necesidad de atención de su madre, de la manera en la que se deja llevar por la hipocondría, de su propio hartazgo de las tareas del hogar.

Su padre, que no podía dotar a las hijas, le concedió algunos caprichos relacionados con la escritura (un escritorio portátil, la suscripción a un libro que se publicaba por aportaciones) y sin duda otros que desconocemos, pero más allá de eso Jane estaba sujeta a su autoridad. Todo ello entra dentro de lo normal entre las familias de esa época: el padre tomaba las decisiones, y el apego filial se entremezclaba con el respeto, la dependencia económica y, a veces, él miedo. La madre formaba parte de ese universo, a menudo con emociones ambivalentes respecto a las hijas, y, cuando enviudaban, eran tan dependientes de los hijos varones como lo habían sido de sus maridos.

Así era en su entorno y así sería también para Jane.

2. La hermana

Cuando Jane regresó a Steventon tras el periodo pasado en Cheesedown Farm dejaba atrás a dos hermanas de leche, Nanny y Bet, con las que mantendría una afectuosa relación pese a la diferencia de clase, y se reencontraba de manera definitiva con su familia de sangre.

La abuela materna, la señora Leigh, había fallecido antes de que Jane naciera, pero los numerosos tíos y tíos abuelos creaban una importante red de afecto y cuidado en torno a los niños. En ese momento de su vida la familia de Jane, ya asentada su posición en Steventon, era tan sociable como cabía esperar, y mucho más divertida que la media, con las idas y venidas típicas de una familia numerosa, las incorporaciones de amigos y visitas y, muy pronto, los romances y matrimonios de los hermanos mayores que la niña contemplaría con interés y con los obligados comentarios burlones. Aquellos años fueron despreocupados y felices; las pérdidas y las angustias aún no aparecían en el horizonte.

James, doce años mayor que Jane, era el primogénito de los ocho hermanos y el objeto de todas las esperanzas y anhelos familiares. Como cabía esperar, siguió los pasos de su padre. Los antepasados de su madre, entre los que se encontraba un miembro fundador, le garantizaron ser admitido en Oxford, donde culminó su carrera universitaria, y en cuanto su padre pudo lo puso al frente de la parroquia secundaria, la de Deane. Poseía disciplina, capacidad de estudio y talento literario: era el favorito de la señora Austen, que lo consideraba un genio de la escritura, el hijo por el que se realizó una apuesta mayor y del que se esperaban grandes logros que, por cierto, nunca llegaron.

Gran parte de las expectativas se debían a que el hermano de su madre, James Leigh, no había tenido hijos, y por lo tanto él era el heredero natural de su considerable fortuna. Los hermanos Austen se pasaron la vida a la espera, a veces angustiosa, de que su tío se decidiera por fin a morirse. Tras años de peloteo, estoico aguante de las extravagancias de los tíos e incluso de un importante problema legal de la tía, ni James ni Jane llegarían a disfrutar de la herencia, que recayó en el hijo de James.

James se casó joven y enamorado con Anne Mathew, a quien había conocido durante su estancia como vicario en Overton. Según palabras de Jane, Anne poseía *grandes ojos negros y nariz para aburrir*. Tuvieron una niñita, Anne, que sería una de las sobrinas favoritas de Jane; cuando Anne madre murió repentinamente, las Austen se encargaron de la nena, que apenas tenía dos años. James, que siempre había tendido hacia la melancolía, manejó la viudedad con poco tino. Se declaró a su rica prima Eliza, que le dio sonoras calabazas, y después pidió la mano de Mary Lloyd, una amiga de Jane, que accedió. Se da el caso de que Mary, su hermana Martha y su madre habían sido amable pero firmemente expulsadas de la rectoría de Deane cuando murió su padre, porque George Austen necesitaba la casa para James, que acababa de casarse. En un acto de justicia divina, Mary regresaba años más tarde al que había sido su hogar, casada con el hombre por el que había tenido que dejarlo.

Mary, a quien quizás pesaba esa historia previa, fue mala madrastra y una cuñada difícil. Jane nunca le perdonó el que su desapego impulsara a Anne a un matrimonio prematuro. Tuvo dos hijos más: James Edward Austen Leigh, que se benefició, por fin, de la dichosa herencia de los tíos Leigh, y que en 1870, en plena era victoriana, publicó *Recuerdos de Jane Austen*, una biografía basada en testimonios familiares que se convirtió en fundacional; y Caroline, que también escribió una breve biografía, *Mi tía Jane Austen*, en 1867. Pensada para que sirviera como documentación para la de su hermano, puede encontrarse hoy día publicada de manera independiente.

También Anne fue consultada para ello, y su respuesta fue una larga carta de catorce páginas, hoy considerada una de las fuentes primarias de las biografías sobre su tía. Como casi toda la familia, poseía aspiraciones literarias, y se arriesgó a continuar la novela inacabada *Sanditon*, con resultados cuestionables.

A James le seguía George, el gran hueco en el árbol familiar: de hecho, ni siquiera aparece en las primeras biografías, y se supo de su existencia gracias a investigaciones posteriores. Al poco de nacer comenzó a sufrir ataques epilépticos. Cuando la familia constató que estos no remitían, el niño, que quizás fuera también sordomudo, fue confiado al cuidado de Francis Cullum, que vivía en Monk Sherborne. Así habían obrado también con Thomas Leigh, el hermano de Cassandra madre. Aunque gozaron del relativo privilegio de un cuidado personalizado, lejos de los hospitales o manicomios considerados la solución óptima en la época, ni el tío ni el sobrino participaron nunca en el resto de la vida familiar, ni son mencionados en la correspondencia superviviente. Además del complicado día a día en la rectoría de Steventon, dos casos de discapacidad en los Austen cuestionaban la herencia genética que transmitirían las hijas, un peligro que no podían permitirse en una sociedad que giraba en torno a las uniones familiares.

La crisis política que generó los problemas de salud mental del rey Jorge III y que desembocó en la Regencia de su hijo Jorge IV generó una obsesión nacional por el bienestar y las atenciones médicas, y atrajo la atención hacia el trato que se les daba a los enfermos mentales. Las teorías del doctor Francis Willis, que logró una importante mejoría en el rey gracias a un trato más humano, mejoraron las condiciones de los dementes y discapacitados. Al fin y al cabo, si el propio rey podía enloquecer ¿quién se encontraba a salvo? George sobrevivió a su hermana, y falleció a los setenta y dos años.

Edward, el tercero, resarció a toda la familia de la mala suerte vivida con su hermano. Era un niño adorable, con un carácter luminoso y feliz. Antes de que siguiera los pasos de James en Oxford, la familia recibió la visita de unos parientes lejanos: Thomas Knight, el hijo del primo acaudalado que había obtenido Steventon para el señor Austen, acababa de casarse y como se encontraban de visita en la zona quería presentarles a su nueva esposa, Catherine. Esos viajes de novios no eran una *luna de miel* contemporánea; dado que las bodas, por lo general, se celebraban en la intimidad, servían para reforzar los lazos con la familia y para que las parejas se conocieran antes de instalarse en su propia casa.

Catherine Knight sería una presencia protectora y benefactora para toda la familia en un futuro, pero quien se ganó su corazón fue Edward, *Neddie*, hasta el punto de que pidió permiso para llevárselo con ellos el resto del viaje de novios. Ese comportamiento no era raro, de manera que los Austen accedieron. Las estancias de Edward con los Knight se convirtieron en habituales hasta que resultó evidente que no tendrían hijos propios y solicitaron su adopción. Sin heredero, el destino de todas sus propiedades, incluidas Steventon, se tambaleaba. Tras algunas dudas por parte del padre y ninguna por parte de la madre, los Austen accedieron. Edward cambió sus estudios en la universidad por un Grand Tour de dos años por Europa, y su destino de clérigo rural por el de un rico hacendado en Kent en apenas un parpadeo.

Edward se mostró como un hijo adoptivo cariñoso y atento, sin descuidar tampoco las obligaciones contraídas con su familia de origen, para la que fue un auténtico salvavidas. Él solventó la situación de su madre y sus hermanas, él pagó las deudas de su hermano Henry y, tras la muerte de la señora Austen, renunció a su parte de herencia para asignarla como renta vitalicia al cuidado de su hermano George.

Totalmente integrado en la *land gentry,* Edward se casó con la delicada aristócrata Elizabeth Bridges. La primera sobrina de Jane, Fanny, tan querida que la llamaba su *casi hermana*, fue fruto de este matrimonio. Le seguirían otros nueve, antes de que Elizabeth muriera en el último parto.

Uno de los hijos de Fanny, Lord Brabourne, compiló en 1884 las numerosas cartas que su madre conservaba y publicó *Cartas de Jane Austen*. También perteneciente a esa línea familiar, Carolina Austen, sobrina de Jane en quinto grado, escribió en 2017 *Jane y yo: mi herencia Austen*.

Tras Edward nació Henry Thomas, el más desconcertante de los ocho hermanos Austen, el favorito de Jane, y el de vida más errática.

La adopción de Edward marcó un antes y un después en la vida de los Austen, y determinó, sin duda, la conducta y las decisiones de Henry: el hermano mayor recibiría el mayorazgo y la herencia de los Leigh, el siguiente disfrutaría de la fortuna de los Knigth, pero ¿qué obtendría él? Henry era, según los testimonios familiares, el más apuesto e inteligente de ellos. Hubiera destacado en todo si se hubiera aplicado en algo: pero su impaciencia y una cierta propensión para escoger el camino más fácil le impidieron completar ese destino.

Jane adoraba a ese hermano descarado y atrevido, que osó renunciar a los beneficios eclesiásticos aunque finalizó los estudios porque su esposa, la admirada y codiciada prima Eliza, le encaminó hacia una carrera diferente. Sin importarle el que fuera diez años mayor que él, viuda de un conde francés decapitado durante el Terror, y con un niño con discapacidad (cada generación de Austen debió cuidar de uno), Henry se unió a la mujer con la que su hermano

James hubiera deseado casarse y a una de las que Jane más admiraba. Guapos, extravagantes y conscientes del efecto que causaban, resultaban arrebatadores. Como no pudieron rescatar los bienes de Eliza, engullidos por los efectos de la implacable Revolución Francesa, Henry se unió a la milicia y obtuvo el puesto de recaudador general de impuestos para el condado de Oxford. Dado que su posición le permitía beneficiarse de lo obtenido durante un periodo de tiempo antes de entregarlo a la corona, Henry fundó tres bancos con diferentes socios para su gestión.

Durante quince años todo fue bien: pese a las dudosas prácticas que empleaba, Henry se benefició de algunos movimientos políticos y logró esquivar un derrumbe financiero en 1812. Pero tras la firma del segundo tratado de París y el fin de las guerras napoleónicas su puesto carecía de sentido. Además, enfermó de gravedad y no pudo completar ciertos pagos. En marzo de 1816, su banco Austen Maude & Tilson quebraba y contraía con ello una deuda de 44 000 libras que debieron satisfacer su hermano Edward y el tío Leigh como avalistas. Sus hermanas y su hermano menor, Frank, que habían invertido en el banco todos sus ahorros, se arruinaron. Lo mismo les ocurrió a vecinos y conocidos.

Nadie le reprochó nada abiertamente, pero todo cambió. Henry tomó los hábitos y se resignó a ser el vicario de Chawton, una prebenda que dependía directamente de Edward y que era la única opción posible. Jane, que le había confiado sus manuscritos como agente, negoció sus últimos contratos en persona, con mejores resultados de los que él había obtenido. Tras la muerte de Jane, a la que atendió con toda ternura en sus últimos días, se encargó de la edición de sus manuscritos. Se casó de nuevo, aunque tampoco tuvo hijos de este matrimonio, y continuó el resto de su vida como sacerdote, muy involucrado en la abolición de la esclavitud.

Cassandra Elizabeth, *Cassy,* era la siguiente, y, en muchos sentidos, la única para Jane. Su relación con Cassandra fue la más estrecha, la más íntima y la más duradera, hasta el punto que merece una atención especial y diferenciada del resto de los hermanos. Cassy le llevaba tan solo tres años, pero fue al mismo tiempo una figura materna, o al menos un punto de referencia estable y una cómplice. La familia, y la propia Jane, la consideraba la más hermosa, la más dulce y la de trato más agradable de las dos, y confiaban, como así fue, en que no tardaría en prometerse.

Cassy leía las obras de Jane antes que nadie, y a ella fueron destinadas las cartas más sinceras y los puntos de vista más descarnados. Discreta y fiel hasta la paranoia, solo podemos reprocharle que su preocupación por la privacidad y la reputación de Jane le llevara a destruir buena parte de los documentos privados y de las misivas que nos hubieran permitido reconstruir con mayor fidelidad el carácter y la vida de Jane. Pero eso, por otra parte, también lo hicieron el resto de los miembros de la familia, a los que nunca se les afea esa purga.

Solo quedan dos hermanos, el que antecedía a Jane, Francis, Frank, *La mosca,* y Charles, el menor, *el hermanito que es solo para nosotras.* Frank rebosaba tanta energía que pronto resultó evidente que su carácter se ajustaba mejor a una carrera militar que a los estudios universitarios. Él mismo escogió marchar a la real academia naval de Portsmouth con solo doce años. Destacó desde el primer día, y cuando se embarcó a los catorce en el HMS Perseverance llevaba una conmovedora carta de bendición de su padre en el bolsillo y la buena impresión que había causado a sus superiores.

Frank superó toda expectativa; su trayectoria se vio impulsada por las batallas navales de las guerras napoleónicas, y tras una brillante carrera que le llevó tanto a las Indias orientales como a las occidentales llegó a ser almirante de la flota. Se casó con Mary Gibson, con la que tuvo diez hijos, y cuando esta murió en uno de los partos contrajo matrimonio con otra de las Lloyd, en este caso Martha, que llevaba décadas viviendo con su madre y sus hermanas en Chawton. Así, James y Frank fueron dos hermanos casados con dos hermanas, en un bucle genealógico en absoluto infrecuente para la época. Cuando su madre enviudó la invitó, junto con Cassy y Jane, a que vivieran, al menos un tiempo, en la casa que entonces tenía en Southampton. Fue una solución temporal en la que Mary, los niños y las mujeres Austen vivieron apiñados y sin intimidad, pero que solo él ofreció. La bancarrota del banco de Henry, en el que él había depositado el dinero de sus ganancias de guerra, le dejó en la ruina. Hasta ese momento, había contribuido a la manutención de su madre y hermanas con cincuenta libras al año.

Charles siguió los pasos de Frank en la Real Escuela Naval, y se embarcó a una edad similar. Dulce y apacible, muy ligado a sus hermanas pese a la distancia, gastó parte del dinero de su primera presa cobrada en comprarles unas crucecitas de topacio con sus cadenas. «Dime de qué le va a servir el dinero de la recompensa si lo dilapida en regalos a sus hermanas», escribía en referencia a ello una Jane rebosante de orgullo. «Hay que reñirle».

Charles se casaría con Frances Palmer, que murió pocos años más tarde, y a continuación con la hermana de su difunta mujer, Harriet. Que un hombre se casara con dos hermanas sucesivamente era ilegal por entonces, pero tan habitual, dada la escasez de hombres y la conveniencia de que una esposa cercana a la anterior se hiciera cargo de los hijos del primer matrimonio y los tratara con humanidad, que nadie se escandalizaba por ello.

Charles llegó a ser Contraalmirante y Comandante en Jefe de la flota de las Indias orientales. Murió de cólera mientras se encontraba de servicio en Birmania a una edad ya avanzada.

Es una lástima que no se conserven las cartas que ambos se intercambiaron con Jane, porque la correspondencia que mantuvieron durante toda su vida fue más continua y de un cariz completamente diferente al del resto de la familia. Jane admiraba los logros de sus dos hermanos y seguía sus ascensos, las asignaciones a diversos barcos y las rutas que estos seguían con auténtico fervor. Hasta la paz de 1815 cada decisión del alto mando podía significar que perdieran la vida. La revolución primero y las guerras napoleónicas después mantuvieron en jaque a medio mundo, y la parroquia de Steventon tampoco se libró de esos sobresaltos.

La relación de Jane con cada uno de sus hermanos fue completamente diferente; pero más allá de la convivencia puerta con puerta, monótona pero cómoda, con James en Steventon, de las celebraciones cuando Charles o Frank arribaban a puerto, de los planes de futuro esbozados con Henry, o de la agradable sensación de ser admitida en un mundo de lujo cuando llegaba a la mansión de Kent de Edward, todas ellas se encontraban marcadas por elementos comunes.

Por un lado, estaba la dependencia económica trasladada del padre a los hermanos, que se contrarrestaba con los servicios de Jane como acompañante de sus cuñadas, niñera o enfermera. Jane era la última de los últimos en la familia, a la que se destinó la menor asignación, unas veinte libras al año; pasada su primera juventud, podía aún contraer un matrimonio tardío con un viudo o un hombre que hubiera tardado en asentar su porvenir económico, pero mientras no se casara formaba parte de un lote que generaba unos gastos fijos: más allá del afecto y el deber, no todas las cuñadas aceptaban esa carga de buen grado.

Por otro, el control de los movimientos de Jane por parte de ellos resultaba constante, bien porque fueran los hermanos quienes la acompañaban o quienes generaban esos desplazamientos al invitarla a pasar temporadas con ellos.

Por último, no olvidemos la desigualdad de esa relación: de Jane se esperaba un comportamiento similar al de las esposas, el compromiso de facilitar la vida en lo posible a sus hermanos. Según envejecía, resultaba más obvio que la sociedad de la época despojaba a las mujeres de una posible identidad propia, y presionaba para que la dedicación a los otros fuera su eje principal. Jane nunca accedió a ese acuerdo.

Como les ocurría a muchas mujeres, vivía en cierta medida a través de los hombres de su familia. Fue James, no

Jane, quien llevó a cabo un Grand Tour modesto, pero que le permitió conocer Francia y España, de las que luego hablaría a sus hermanas. Era George quien disfrutaba en Kent de una extensa biblioteca que le permitiría usar. Frank luchaba en la batalla de Coruña o Charles en las costas americanas, pero sus cartas dotaban a Jane del vocabulario, la información e incluso de la pasión por la marina por la que nosotros leemos, dos siglos más tarde, diseminadas en sus novelas.

3. La debutante

Todas las protagonistas de Jane Austen son mujeres jóvenes con edad suficiente para casarse: incluso la cabeza de chorlito de Catherine Morland, en *La abadía de Northanger*, con sus diecisiete años, ha sido presentada al mundo y se encuentra en los círculos sociales que pueden favorecer el que sea vista y conocida. Y todas, por lo tanto, no había ni que mencionarlo por el contexto, se encuentran a la espera de un marido, salvo la dulce Anne Elliot, de *Persuasión*, que quizás ya haya visto pasar esa oportunidad y la ha desaprovechado.

Jane disfrutó todo lo que pudo durante varias temporadas como soltera después de su presentación, que tuvo lugar en torno a sus dieciséis años; lejos de las puestas de largo cortesanas, que podían ser tan exclusivas y tan costosas como el baile de debutantes de la reina, una tradición que perduró hasta 1958, lo habitual en el entorno rural eran presentaciones más sencillas. La jovencita acompañaba a su madre y a sus hermanas a visitas diurnas hasta entonces consideradas inadecuadas: se alargaba el dobladillo de la falta, se recogía el cabello y en ocasiones señaladas podía lucir las joyas familiares; ese momento marcaba que pronto comenzaría a acudir a los bailes y a las fiestas y se daba por hecho que se encontraba en disposición y con intención de encontrar marido. Su formación había finalizado y daba así el paso definitivo hacia la vida adulta.

Jane había pasado en su casa buena parte de esos años de transición entre la infancia y la adolescencia, salvo los que transcurrieron en dos internados. Tenía siete añitos cuando supo que su hermana y su prima por parte de madre Jane Cooper iban a ser enviadas a Oxford, al colegio de la señora Cawley; bien fuera porque se empeñó, como siempre, en hacer lo que mismo que Cassy o porque su propio padre había organizado un internado para chicos en su casa y su cama venía muy bien, la niña se fue con ellas, primero a Oxford y luego a Southampton.

La enseñanza no se encontraba reglada entonces; la instrucción primaria no sería obligatoria hasta 1876 y las maneras en las que los niños las recibían variaban mucho según el interés que la familia diera a una buena formación y a cuánto dinero podía destinarle: convivían numerosas fórmulas, desde un tutor o una institutriz privados al más común seguimiento en casa por parte de los padres. Desde la escuela nacional a la escuela dominical, la única formación que recibían los niños obreros. En el caso de las Austen, la familia confiaba a las niñas al cuidado de la directora, una pariente lejana.

Como más tarde nos contaría Charlotte Brontë, era habitual que estos colegios se encontraran mal provistos:

la comida resultaba insuficiente en calidad y cantidad, y la convivencia estrecha de más niños de los debidos favorecía los contagios de enfermedades. No consta que Jane pasara hambre ni malos momentos durante los primeros meses; pero Southampton, una ciudad portuaria con un constante ir y venir de infecciones propagadas por las tropas que desembarcaban o se dirigían hacia el continente, cayó bajo un brote de fiebre tifoidea. Las tres niñas enfermaron de gravedad; quizás porque no se las creía en peligro, las madres no fueron alertadas hasta que la prima Jane les escribió pidiendo que fueran a buscarlas con la mayor urgencia. Jane Austen, que estaba muy grave, se salvó por los pelos, pero la señora Cooper se contagió mientras cuidaba de su hija y murió.

Cuando se recuperaron, y tras un periodo de descanso y luto, fueron enviadas a un internado de Reading, The Abbey School, regido por la señora Latournelle; la educación que recibieron, más allá de francés, bordado, dibujo y ortografía, no era muy exigente ni demasiado exhaustiva. Las niñas podían recibir visitas, cotilleaban y vagueaban, tenían tiempo para leer novelas y revistas que escogían de la biblioteca de préstamo de la ciudad y por las referencias y comentarios posteriores en las cartas se puede deducir que se lo pasaron muy bien.

Protegida en el plano económico por su familia, Jane nunca se vio en el riesgo real de ser una institutriz: si bien años más tarde trabaría amistad con la que trabajaba en la casa de su hermano Edward, Ann Sharpe, y en *Emma* la señorita Taylor aparece descrita con enorme afecto, Jane no se engañaba acerca de las humillaciones y los trabajos que pasaban las institutrices, damas de la misma clase que ella que, por diversas circunstancias, se veían obligadas a trabajar. En la época georgiana no existían las institutrices por vocación. Entre la posibilidad de ganar unos ingresos generados por la escritura o hacerlo con la enseñanza, el primer caso resultaba no solo más atractivo, sino también más respetable.

Jane abandonó el colegio cuando tenía once años: quizás porque el esfuerzo de pagar las cuotas resultaba excesivo para los padres, las niñas regresaron a casa en 1786, y el resto de su educación se desarrolló en la rectoría, entre el aula, la biblioteca, de unos quinientos volúmenes, y el salón. Solo quedaban dos de sus hermanos en casa, Henry y el pequeño Charles, y tampoco acogían a tantos estudiantes como en años anteriores, pero aun así la casa rebosaba de chicos y posiblemente sobrara el bullicio.

Era responsabilidad de las madres el que la educación de sus hijas se completara de la manera correcta; Cassandra madre no había recibido una gran formación, ni tenía estudios, pero se manejaba lo suficiente como para destacar en una de las disciplinas más requeridas de la época, la escritura de cartas. En verso y en prosa, mantenía un constante intercambio de noticias con sus parientes, y premiaba a algunos de los niños alojados con poemas en sus cumpleaños, cuando se recuperaban de una enfermedad o cuando dejaban la rectoría. Los chicos la adoraban y se disputaban su afecto, incluso con pequeños berrinches que ella consolaba con más versos.

Debía además enseñar a las niñas costura, que les resultaría práctica, y bordado, que resultaba prestigioso; las chicas Austen coserían en un futuro sus propias prendas de ropa, las modificarían y reharían, y lo mismo ocurría con los trajes de hombre, la ropa de casa y la que se cosía para los pobres. Se remendaba, zurcía y reparaban los desgarros. La costura permitía que las mujeres se juntaran y charlaran; salvo en los casos de mayor cumplido, se continuaba trabajando aunque hubiera visitas. Algunos proyectos se emprendían en común, un reto para varias costureras, como la gran colcha de parches que se conserva en la casa de Jane Austen de Chawton. También les permitía sumirse en sus propios pensamientos, en un tiempo en el que se daba por hecho que no poseían espacios auténticamente privados. En ocasiones, durante las sesiones de costura se leían las últimas novelas o las cartas que enviaban algunos familiares. Jane comprobaría más adelante que era posible tramar una novela y escribir las escenas en su mente mientras llevaba a cabo este tipo de labores, que ocuparon mucho tiempo durante toda su vida.

La formación religiosa se daba por sentada: en la rectoría se rezaba todos los días, asistían a los servicios, escuchaban los sermones sobre los que quizás el padre hubiera comentado algo con antelación. Los libros de doctrina compartían estantería con las novelas, y se criticaban o alababan con la misma frecuencia.

Jane vivió esos años como experimentaría el resto de su vida, cerca del conocimiento y el poder pero excluida de él: ni por un momento pensaron su padre o hermanos en enseñarle latín y griego, pero siguió con las clases con el organista William Charde, y acabaron por comprarle un piano que conllevaría para ella y para todos largas horas de alegría. Se encontraba fuera de toda lógica que acudiera a la universidad, pero contaba con el acceso libre a la biblioteca de su padre, como todos sus hijos, y cuando fue posible y la rectoría se vació de chavales le obsequiaron con una salita compartida con su hermana, un raro privilegio en una familia numerosa.

Pero, en realidad, todas estas habilidades palidecían frente a la gran materia que las madres debían transmitir: el gobierno de una casa, que, en torno a 1790, consistía en una completa administración doméstica, desde las órdenes que debían darse a las criadas a la organización del lavado de la ropa, las compras, la comida y su elaboración, el corral y la huerta, las recetas favoritas de cada uno y la preservación de las conservas, el cuidado de los enfermos y sus remedios y los cuidados básicos que los niños requerían.

Martha Lloyd, que vivió muchos años con las Austen, dejó recopiladas algunas de las recetas que les gustaban: por mucho que cocinar no se considerara entre las tareas propias de una dama de cierta posición, alguien debía supervisarla y organizarla; existían numerosos manuales destinados a las amas de casa y a la mejor manera de llevar a cabo sus tareas. Una de las razones por las que las novelas de Jane no tratan estos temas se debe a que se consideraban de poco interés real, y aún menos literario. Las casas debían funcionar sin esfuerzo aparente, sin que pudiera percibirse la labor de los sirvientes, las criadas y las mujeres que las llevaban.

Los bailes, por lo tanto, ofrecían la posibilidad de olvidarse de ser parte de estas tareas y, si se tenía suerte, sería el primer paso para ser quien pasara a vigilarlas en una casa propia. Les permitían que lucieran el nuevo vestido de muselina cortado y cosido durante las últimas semanas, que estrenaran un lazo diferente y exhibieran el resultado de las clases de danza, tan penosamente pagadas. Era el espacio para brincar, para comer dulces y beber algo de alcohol, para los coqueteos y para que hicieran un poco el loco en una sociedad que les marcaba el paso tan de cerca. Los enamorados podían tomarse de las manos y rozarse la cintura, era el momento para mirarse a los ojos y hablar en susurros. El resto de la semana implicaba la vuelta al trabajo doméstico, la recogida de los frutos sembrados en el baile, si los había habido, y una agónica espera.

Pero el disfrute de los bailes no se limitaba a los adolescentes. Ofrecían, además, el espacio perfecto para la charla de las madres, los juegos y los negocios de los padres; quien, como Jane, gozara con el despliegue de la psicología y las costumbres humanas, se encontraba durante esas horas en el epicentro de la sociedad rural, con sus mezquindades y sus esperanzas. Cuando resultó evidente que en aquellas reuniones Jane no conseguiría esposo, cuando los años fueron pasando y ella acudía a los bailes con menos esperanza y poco entusiasmo, cuando el maestro de bailes la colocaba cada vez más atrás en los bancos de las jóvenes debutantes y cuando, por fin, solo los pisaba como acompañante de sus sobrinas, ella siguió hablando de ellos, como una cronista que le describía a su hermana no solo lo evidente sino todo el entramado social que mantenía ese sistema y esa política matrimonial.

Jane era, según las descripciones de quienes la conocieron, alta (entre 1,68 m y 1,73 m, según los vestidos que han sobrevivido) y con lo que los autores del siglo de oro hubieran descrito como *la color* y nosotros como la tez sonrosada. Esa tez, esa apariencia de salud, resultaba en la época un atributo de belleza valoradísimo, ya que la viruela o una varicela agresiva arruinaban con frecuencia el aspecto de una joven: así le había ocurrido a Mary Lloyd, la mujer de James. Fuera de eso, indican que Jane tenía los cabellos oscuros y rizados y grandes ojos castaños.

Su prima Eliza, que la adoraba, la calificó como «una de las chicas más bonitas de Inglaterra». Pero aunque no la adorara, la prima Eliza no era la más fiable de los testigos. Podemos deducir de los testimonios supervivientes que fue guapa, como lo eran muchas, pero no tanto como para que nadie se casara con ella únicamente por su belleza. Y eso, sin ser trágico, suponía un problema. Por muy agradable y respetada que fuera la familia del rector de Steventon, era de sobra conocido que las niñas Austen no aportaban una libra de dote. Para las protagonistas de sus novelas la belleza no resulta esencial, ni determina el que encuentren una pareja; la atracción surge por otras razones, más realistas, menos palpables.

Ni siquiera Cassy, con todas sus virtudes, encontró un pretendiente durante las primeras temporadas. A los veintiún años se prometió con Tom Fowle, de veintinueve: ninguno de los dos había buscado muy lejos: Tom había sido uno de los alumnos del internado de Steventon, había conocido a Cassy de niña, y si se habían reencontrado era porque, recién recibidas las órdenes, había casado a la prima Jane Cooper con su marido, el capitán Williams. Sin madre, y luego sin padre, Jane se casó en la rectoría de su tío, arropada por todos, como una hija más. Poco después, Cassy y Tom se prometían en secreto, la boda postergada hasta que el joven tuviera una rectoría propia o suficientes ingresos para formar una familia.

Las jóvenes prometidas contaban con una cierta libertad de movimientos; la palabra de matrimonio contaba como un contrato oral, y el control familiar se relajaba un tanto. La prueba es que una de cada tres novias se casaba embarazada, sin que eso supusiera mayor escándalo. Las primeras cartas que conservamos de Jane se dirigen a Cassy con motivo de su veintitrés cumpleaños, que ella celebró con la familia de su prometido, con quien estaba pasando una temporada en Newbury.

Todos daban por hecho que Cassy se casaría cuando pudiera, y que se iría a vivir a Shropshire. «Y Jane... sabe Dios dónde», suspiraba su madre en una carta.

Jane, según algunas vecinas, parecía disfrutar de su vida social al límite de lo que se consideraba el buen gusto. Algunas de las confesiones que le escribe a su hermana son claramente una exageración, pero, como constataban las vecinas, le gustaba bailar y el coqueteo y no le avergonzaba demostrarlo.

El romance que más dio de qué hablar duró unas semanas durante la temporada de 1796: apenas tres bailes. Jane se lo pasó en grande durante ese tiempo, e incluso insinuó a su hermana, medio en broma, medio en serio, que esperaba que pasara algo durante el último baile en Ashe.

En realidad, sabía de sobra que eso no podía ser. Tom Lefroy, sobrino de su amiga Anne Lefroy, guapo, educado, se encontraba de paso en casa de sus tíos y era el mayor de una familia numerosa irlandesa. Eso le colocaba en una posición delicada: sus hermanos, y sobre todo sus hermanas, dependían de la suerte que él tuviera en una futura carrera, becada y protegida por un acaudalado familiar.

Las expectativas familiares se vieron cumplidas: Lefroy llegó a ser presidente del Tribunal Supremo de Irlanda, se casó tres años después de aquellos bailes que fueron la delicia de Jane y tuvo siete hijos con la mujer adecuada. Jane, por mucho que la recordara en su vejez como «un amor juvenil», se encontraba fuera de cuestión: y si a ellos se les hubiera pasado por la cabeza allí estaban sus parientes, Cassy, Anne Lefroy, para recordarlo.

Este es el único romance del que se tiene constancia en las cartas supervivientes de Jane, aunque aparecen otras referencias jocosas a otros hombres, algunas de ellas demasiado hirientes como para que pueda especularse con una posible relación: algunas biógrafas y gran parte de las lectoras se han aferrado a la figura de Tom Lefroy, la han agrandado y han volcado en ella algunas de las cualidades más atractivas de los protagonistas masculinos de sus novelas. Pero no hay pruebas de que aquellas tardes de juventud y risas dejaran un corazón desolado ni una relación desgarrada.

Fuera como fuere, Jane no pudo dedicarle demasiado tiempo a la memoria de Lefroy. Apenas un mes más tarde, en febrero de 1896, les llegó la noticia de que Tom Fowles, el prometido de Cassy, había muerto de fiebres en Santo Domingo; en un intento por ganarse la confianza de su benefactor y que le concediera antes una parroquia, había accedido a acompañarle como capellán militar en una expedición a las Indias occidentales.

Tom dejaba a Cassy una pequeña renta, lo suficiente como para mantenerse por ella misma, y con ella la firme resolución de que no se casaría jamás. Con veintitrés años se consideró viuda y retirada del mercado matrimonial.

La determinación de su hermana marcaría de manera profunda a Jane: hubo, al parecer, algún coqueteo más, la especulación de que alguno de los posibles pretendientes llegaría a pedir su mano, pero nada de ello se concretó. La tradición familiar, de boca de Mary Lloyd, cuenta que otro conocido, más joven que ella y hermano de unas amigas, se le declaró y que ella aceptó la petición de matrimonio, solo para arrepentirse a la mañana siguiente y romper el compromiso. El hecho no está contrastado y, por mucho que nos pueda gustar fantasear sobre ello, no hay ni rastro del mismo en las cartas de Jane o de Cassy. Sea cual sea la parte de verdad del caso, se calcula que podría haber ocurrido en 1802: en torno a ese año Jane siguió los pasos de su hermana, consideró rematada su etapa como debutante, perdió interés por su aspecto y decidió, a sus veintisiete años, que era una solterona. A ojos ajenos podría parecer que una etapa de su vida había acabado.

Y, en consecuencia y por varios años, nadie, ni siquiera su propia familia, se fijó demasiado en ella.

4. La lectora

Cuando Jane quedó huérfana de padre, cuando la sociedad de la época la consideraba una mujer madura, respetable y, por lo tanto, invisible, aún no había publicado
nada, pero había escrito ya varias de sus novelas y había
leído y comentado con su hermana, con sus amigas, muchas de las lecturas que configuraron no solo su estilo
narrativo sino también sus referentes literarios.

Como lectora fue afortunada: desde niña pudo disponer de la biblioteca de su padre atesorada con mimo en la
casa parroquial en Steventon. Se han conservado dos pequeños tesoros de su infancia: *La historia de la pequeña
virtuosa*, de John Newbery (1765), y las *Fábulas escogidas
(Fables Choisies)* de La Fontaine, un librito de gramática
francesa que le regalaron en su octavo cumpleaños. Cuando cumplió once su prima Eliza le regaló *L'Ami des En-
fants* de Arnaud Berquin (1782), un compendio de historias cortas ilustradas que ahondaban en las virtudes que
los niños debían cultivar.

En Steventon gozaban de un lugar de preferencia los ensayos teológicos, de ideas y aquellos que ahondaban o matizaban las complicadas disquisiciones de la iglesia anglicana y sus delicadas variantes; otros eran los propios del director de un internado que preparaba a los chicos en gramática, lógica, ciencia y retórica, pero un porcentaje importante se componía de obras literarias, clásicos griegos, romanos e ingleses, y también novelas contemporáneas.

Entre ellos estarían *María, reina de Escocia,* de John Whitaker, y la *Historia de Inglaterra* de Oliver Goldsmith, publicada en 1771, que aburrían a Jane hasta tal punto que inspirarían una de sus primeras obras, su particular *Historia de Inglaterra,* escrita cuando tenía dieciséis años. Jane se despachó a gusto con ese texto que «contendrá muy pocas fechas», dado que estaba escrito por «un historiador parcial, prejuicioso e ignorante». Su hermana participó con pequeños dibujos en forma de medallón, que reflejan a los reyes y reinas de la monarquía inglesa de Henry IV a Charles I. Jane se alineó decididamente con los Estuardo: «Siempre fueron maltratados, traicionados, o abandonados [...]. Sus errores nunca se olvidan».

Ya entonces Jane reinterpretaba aquello que leía. Los temas eran comunes, casi tópicos. La mirada, en cambio, resultaba completamente propia, completamente suya, irreductible ya entonces, las observaciones de una niña incapaz de acercarse a un texto sin generar sobre él una interpretación nueva. En el intento de descifrar el enigma creativo que siempre fue Jane, la mirada biográfica de las últimas décadas ha dejado de lado la carga lectora que acarreaba desde niña para centrarse en los hechos vividos y en las experiencias sufridas por ella y por su entorno: y sin embargo, desde que aprendió a leer afinó pluma y voz en los textos ajenos.

La técnica la aprendió en los libros, en las obras representadas, en la cadencia de la música que tocaba al piano y que seguía las mismas normas (presentación de temas, repeticiones, silencios, sorpresas y cadencias) que las piezas literarias. El talento de transformar eso en algo inolvidable continúa siendo un misterio.

Sabemos que Jane leyó en su propia casa a autores como Alexander Pope y Samuel Johnson; de Samuel Richardson leyó *La historia de Sir Charles Grandison*, y el *Tom Jones,* de Henry Fielding, considerado atrevido por otros padres menos tolerantes que George Austen. También leyó el *Tristram Shandy,* de Laurence Sterne, un ejemplo temprano de lo que algunos consideran un precursor de la novela postmoderna.

Entre los hermanos se comentaban los ensayos publicados en *The Spectator* y otros periódicos y revistas. Escribían e imitaban la poesía de Crabbe y Cowper. Este último, su favorito, aparece citado en varias de sus novelas. También había leído la poesía de Robert Burns, William Wordsworth y Lord Byron, a cuya influencia no permaneció impasible.

Por supuesto, estaba familiarizada con las tragedias, las comedias y la poesía de William Shakespeare. De hecho, la influencia de *Mucho ruido y pocas nueces* y los combates de ingenio a los que se entregan Beatriz y Benedicto resulta evidente en muchas de las chispeantes conversaciones de los enamorados de Jane Austen, y los diálogos de los graciosos shakesperianos dejaron una profunda huella en la manera en la que los personajes estúpidos, groseros o absurdos razonan.

Además, Jane contó siempre con el apoyo familiar para que comprara o se suscribiera a las últimas novedades, novelas escritas por autoras como Ann Radcliffe, Sarah Harriet Burney o Maria Edgeworth, las mismas que se disputaban las lectoras y que aseguraron a estas escritoras unos derechos de autor nada despreciables. La que le merecía mayor respeto era Frances Burney, que obtuvo éxitos notables como *Evelina* o *Camilla*. Esta última fue publicada en 1795 bajo suscripción, y una de sus donantes fue *Miss J. Austen, de Steventon*. Fue, casi sin duda, un regalo de su padre a su hija menor.

Durante los años que pasó en el internado de Reading, de los nueve a los once, Jane, su hermana y su prima leyeron todo tipo de novelas, que iban desde algunos clásicos a novelas muy flojas, baratas y adictivas que encontraron en la biblioteca del colegio y que cambiaban en la biblioteca de préstamo de Carnan y Smart, los editores del *Reading Mercury,* que estaba muy cerca del colegio, junto a la plaza del mercado de la ciudad.

Traduzco por «biblioteca de préstamo» el término *circulating library*, un sistema de préstamo de libros ya extinto pero que fue muy popular en Inglaterra entre los siglos XVIII y XX. Estos espacios permitían a sus socios que tomaran libros prestados por una cuota anual o trimestral; a diferencia de otras bibliotecas de la época, que se reservaban a estudiantes universitarios o a especialistas, en estas el acceso era libre, e incluso podían encontrarse en el rincón de otro tipo de tiendas. Tenían ánimo de lucro, y su función consistía en que los libros, caros y pagados por suscripción, fueran accesibles a los lectores, muy en especial las novelas de ficción, las más demandadas.

También resultaba habitual que estas bibliotecas pertenecieran a editores especializados en algún subgénero, que usaban estos espacios como distribuidoras. Eso generaba una serie de prejuicios respecto a estas bibliotecas. Muchos editores o autores no deseaban que sus libros pudieran encontrarse en ellas. A diferencia de las bibliotecas institucionales, los responsables de las de préstamo sabían que el beneficio económico se encontraba en los libros de moda, y por ello atendían a las preferencias de los lectores.

Era seguro que en ellas se encontrarían novelas góticas, un género que arrasaba entre las jovencitas, obras ligeras y las últimas novedades, muchas de ellas publicadas bajo pseudónimo. El pseudónimo, que Jane también usaría con su primera novela, protegía la identidad de los autores, muchos de ellos mujeres, de varios peligros: de que la obra no tuviera éxito, de que les asociaran a las editoriales de subgénero y del desprestigio de publicar novelas, un género que, por mucho éxito que tuviera, seguía siendo poco prestigioso.

Aunque su pertenencia a una familia amante del estudio, que se regocijaba con la cultura y que valoraba la formación, le permitió adquirir una cultura poco común entre las mujeres de su época, Jane era consciente de sus carencias si comparaba sus lecturas con las de sus hermanos o con los escritores varones de la época, que gozaban de un acceso privilegiado a los mejores colleges, los viajes de formación o los textos clásicos, que leían en su idioma original. En sus cartas adultas se lamentaba de no haber leído más durante sus primeros años, y, medio en broma, medio en serio, se definía como «la más inculta y desinformada mujer que haya osado convertirse en escritora». Si destacaba entre otras jóvenes por curiosidad, lecturas e interés, le faltaba todo aquello que permitía que un autor se considerara con derecho a alzar su voz: careció de seguridad económica, erudición formal y libertad de acción.

Resulta llamativo que las muchachas de su generación leyeran con una pasión y una variedad como nunca antes, pero que lo hicieran en sus gabinetes o habitaciones, con libros prestados o de paso. La biblioteca, si una casa contaba con la suerte de poseerla, era un espacio eminentemente masculino. Muy a menudo se fusionaba con el despacho de trabajo, o contaba con un escritorio formal, donde el señor de la casa recibía a clientes y amigos. Si la familia poseía suficiente fortuna para ello, se le dedicaba una habitación propia, más similar a un gabinete de curiosidades o arte que a un espacio de trabajo. Algunas de las recepciones o fiestas se organizaban allí, y su inauguración o reforma suponía un acto social para amigos e invitados.

El diseño de las bibliotecas particulares se encargaba a decoradores y arquitectos prestigiosos, que mostraran las bellas piezas de mayor valor y que seguían las limpias líneas paladianas o las intricadas formas góticas que dominaban el interiorismo de la época. Si era necesario, se encuadernaban los libros de manera pareja, para que las estanterías, estratégicamente repartidas, generaran una impresión de homogeneidad.

Cuando tras la jubilación del reverendo la familia se mudó a Bath, el padre de Jane regaló o vendió por lotes la mayoría de la vasta biblioteca. Los libros modernos se vendían a un precio mucho menor que los edificantes libros de doctrina: pero en todos los casos, los libros eran caros. Incluso el papel era un objeto de lujo. Para quienes no reparaban en esas minucias, esas grandes casas de fortunas recientes forjadas al calor del tráfico de esclavos, el algodón, el azúcar o las nuevas fábricas necesitaban no solo una cantidad notable de ellos sino colecciones que denotaran antigüedad, solera y conocimiento. Para nutrirlas se compraban libros al peso o por metros. Algunos de los libros de los Austen, algunos de aquellos manuales en los que Jane había escrito su nombre mientras practicaba la caligrafía, debieron de correr esa suerte.

¿Tuvieron sus hermanos parte en su formación lectora? Sin duda, aunque quizás no tanto ni de la manera en la que los sobrinos clamarán décadas más tarde. En el otoño de 1787, James Austen, el hermano mayor, regresó de su Grand Tour; era un lector insaciable, y su formación universitaria le había dotado de gusto literario y de un extenso conocimiento de la literatura inglesa. Joven y con veleidades literarias, es posible que ayudara a que sus hermanas, que aprendieron un poco de italiano y algo de francés (siempre estaba cerca la influencia de la prima Eliza), completaran su educación con lecturas de moda, comentarios adecuados y el préstamo de algunos libros que había traído del viaje.

Sin embargo, Henry Austen escribió que no podía determinar cuándo Jane se había familiarizado con la lectura, ni a qué edad era capaz de discutir «los méritos y defectos de los mejores ensayos y novelas en inglés». Que los discutía lo sabemos por sus cartas: con quién y cómo, dada la criba familiar, ofrece más dudas. Por ejemplo, y fuera del círculo estrictamente familiar, Jane hacía incursiones a menudo en la biblioteca de Anne Lefroy (o quizás deberíamos decir, con más propiedad, en la de su esposo, el reverendo) que le prestaba gustosa volúmenes, consejo y guía.

Once años más tarde del final del Grand Tour de James, otra biblioteca se abriría, de manera inesperada y gozosa, ante los ojos ávidos de Jane. Edward Austen Knight heredaba Godmersham Park en 1798 y con la mansión se hacía dueño de una de aquellas codiciadas bibliotecas familiares que contaba con una mareante colección de unos mil doscientos volúmenes. Todo el saber que necesitaba un caballero, diccionarios, atlas, biografías, tratados de historia, de geografía y política, libros de viajes, de arte, astronomía y arquitectura se apilaban allí, junto con los de agricultura, equitación, jardinería, cría animal y gestión, imprescindibles para un señor rural.

Pero además había bellos grabados, partituras y libros clásicos de literatura inglesa, francesa, griega y romana y todas las novelas contemporáneas que una hermana menor podía desear para que sus estancias, mientras cuidaba de recién nacidos y cuñadas convalecientes, resultaran menos pesadas e íntimamente satisfactorias.

La biblioteca fue desmantelada a lo largo de los años, pero un proyecto llamado Reading with Austen ha recuperado los títulos que albergaba, dado que se conservó un catálogo manuscrito que listaba todos los libros de la colección, y su ubicación en cada estantería. Se conocen gracias a la información bibliográfica recuperada por bibliotecarios y archivistas voluntarios. Esos libros conforman ahora una biblioteca digital con imágenes y datos de las mismas ediciones que ella manejó.

Pero, en realidad, gran parte de las referencias a la literatura que leía se han recuperado de las cartas que Jane escribió a su hermana, aunque fue a su sobrina Anna a la que escribió su famosa (y jocosa) opinión sobre sir Walter Scott cuando saltó del verso a la prosa. «Quién le manda escribir novelas, y además, buenas. No es justo. Tiene fama y riquezas suficientes como poeta, y no nos debería estar quitando el pan de la boca a los demás».

Jane no llegaría a leer *Ivanhoe*, pero compartió editor con el exitoso intruso. Ambos publicaron con John Murray. Pero, escribiera sobre ello o no, Cassandra devoraba y discutía las lecturas con ella. Todas; incluidas la suyas que Jane le pasaba antes que a nadie, confiada en su discreción y su criterio.

5. La errante

Jane nunca poseyó una casa propia, ni se esperaba que la tuviera: la de su padre dejaría paso a la de un futuro marido, y después, con suerte, al usufructo tolerado por sus hijos. En raras ocasiones pudo disfrutar del privilegio de la habitación propia que reclamaba Virginia Woolf. Vivió en más casas de las que hubiera deseado, menos tiempo de lo que nunca hubiese querido.

La casa en la que nació, la rectoría de Steventon, se encontraba en una localidad pequeña, amable y unida; era una casa de dos plantas de ladrillo y tejas rojas, muy típicas en las construcciones de la zona, con un pequeño jardín delantero y una propiedad trasera más generosa. En la primera planta construyeron el despacho del rector, la cocina, un salón y una salita. En la segunda, siete dormitorios, que pronto recibirían a los niños del pequeño internado de los autores, y bajo el ático tres habitaciones más.

Sin embargo, gran parte de su infancia transcurriría lejos de aquel hogar sencillo, limpio y bullicioso: la granja de sus primeros años dejaría paso a los colegios en Oxford,

Southampton y Reading: solo en 1786, a los once años regresaría al que sería su hogar hasta que en 1801 su familia se la llevara con ellos a Bath.

No era la primera vez que visitaba la ciudad balneario: sus tíos Leigh-Perrot poseían casa allí, y qué casa, en el número 1 de Paragon, un emplazamiento distinguido, y las chiquillas Austen habían pasado temporadas muy felices con ellos. Solo un año y medio antes de la mudanza definitiva, Jane había acompañado a su hermano Edward, que padecía muy acertadamente una enfermedad de ricos, la gota, a tomar las aguas y a dejarse ver con él, y se había divertido como de costumbre con las visitas a los jardines y las fiestas con fuegos artificiales.

Desde luego, Bath era, y es, un lugar lleno de encanto, un guiño al buen gusto arquitectónico, al equilibrio y a la apuesta por un estilo de construcción, el neopaladiano, en el que se construyeron los principales edificios de la ciudad: los baños romanos y el puente Pulteney beben directamente de la antigua Roma y de Venecia: los edificios residenciales, con sus fachadas clásicas y sus ordenados jardines traseros, se deben prácticamente en su totalidad a los arquitectos georgianos John Wood el Viejo y su hijo John Wood el Joven.

Como los poblados mineros del Oeste, se construyó a una velocidad vertiginosa, con el agua y la promesa de la inmortalidad como acicate, y la urgencia de alojarse allí donde acudían el príncipe Regente y sus favoritos, quizás más propicios a conceder favores durante unos días de descanso.

Pero para ellas parte del encanto de Bath radicaba en su excepcionalidad, en que tras las semanas en la ciudad Cassy y Jane podían recuperarse de la agobiante compañía de la tía Leigh-Perrot, de las exigencias de nuevo vestuario, sombreros a la moda y zapatitos de baile sin estrenar, y regresaban al campo y a sus amigas de toda la vida con rumores frescos, cotilleos en auge y un reconfortante cambio de aires.

La tradición familiar cuenta que Jane se desmayó, o casi, cuando supo que en la pugna entre la nueva y la vieja generación su hermano James no salía beneficiado, sino vencedor. Atrás quedaba su piano, los libros de la infancia, y la vida tal y como la conocía. Sin duda la mirada que sus padres arrojaban a Bath estaba teñida de recuerdos felices (se habían casado allí), de aspiraciones para las hijas y de seguridad y amparo para los próximos años, dado que las aguas medicinales habían atraído a numerosos médicos, cirujanos y sanadores a la ciudad; pero para su hija menor se acababan los paseos campestres, se interrumpía buena parte de las relaciones en las que había cimentado su vida y su confianza, y Bath no dejaba de ser una ciudad de jubilados, enfermos, hipocondríacos y familias ligeramente desfasadas.

La moda había cambiado de gustos. La popularidad de Bath entre una clase inmediatamente inferior a la aristocracia había espantado a quienes treinta años antes habían forjado su fama y su esplendor. Las aguas termales habían dejado paso a los baños de mar, a la deslumbrante electricidad, que prometía ser la cura para casi todas las dolencias. Bath, con sus hermosas fachadas de arenisca, con su brillo dorado que, cada atardecer, iluminaba las colinas, continuaba siendo caro, pero ya no era *el* lugar.

No obstante, no había nada que decir, y menos aún que hacer. La familia de Jane se instaló en una calle amplia y hermosa, llana, el número 4 de Sydney Place, muy cerca de los jardines del mismo nombre.

Si deseaba caminar, había un trecho que requería de piernas jóvenes y mentes necesitadas de calma hasta uno de los lugares de moda, el Royal Crescent: en una de las colinas se alzaban treinta casas casi idénticas, enlazadas en forma de media luna, edificadas solo treinta años antes frente a una pradera que, gracias al arte paisajístico de la época, se antoja infinita, y desde la que se divisa una preciosa estampa de la ciudad. Algo más abajo, en dirección a las Assembly Rooms, se encontraba, en un círculo perfecto, otra serie de casas monumentales. Si lo deseaba, podía elegir otros destinos, Lyncombe Hill o cualquiera de los muchos jardines.

Se ha repetido con frecuencia que Jane no escribió prácticamente nada nuevo mientras vivió en Bath. Copió de nuevo, sin errores, *Susan* (la futura *Abadía de Northanger*) y comenzó *Los Watson*. Sin embargo, el que no se conserven manuscritos no significa que no llevara a cabo los procesos creativos que le llevarían luego a la vertiginosa velocidad con la que escribió sus últimas novelas.

Fuese como fuera, en 1805 la familia sufriría uno de los hechos que cambiaría por completo la vida de Jane. Su padre murió de manera inesperada, tras una rápida enfermedad que dejó a su mujer y a sus hijas desoladas y en una situación habitual, humillante y previsible: con la desaparición del cabeza de familia, las mujeres dejaban de percibir ningún beneficio. Los ahorros, escasos, y la pensión que percibía Cassandra no ofrecían demasiada seguridad. Las tres Austen dependerían en lo sucesivo de la caridad de sus parientes varones que se encontraban en distintas disposiciones de ánimo y en diversa situación económica para hacerlo.

Mientras se aclaraba cómo y de qué manera contribuirían al mantenimiento de la madre y (la dignidad no les dejaba otra salida) de las dos hermanas, algo que sería debatido con todo detalle, sopesado frente a las posibilidades que eso les restaba a sus propias hijas y demorado en varias ocasiones, las Austen buscaron una casa menor y más barata: la encontrarían en el número 25 de Gay Street, pero unos meses más tarde, ya movidas únicamente por la necesidad de ahorrar dinero, no podrían permitirse otra cosa que unas habitaciones alquiladas en Trim Street.

Miles de mujeres vivían en una situación más desesperada que las Austen, desprovistas de parientes o abrumadas por deudas heredadas y desahucios fulminantes: sin embargo, en los rígidos límites de su clase social las mujeres rozaron el nivel inferior, atrapadas, por un lado, por las mínimas apariencias que su apellido y su posición requerían, y por el otro por la imposibilidad de mantenerlas.

Jane, que como solterona se encontraba en una situación en la que despertaba lástima sin el consuelo y la condición con la que su madre o su hermana contaban como viudas, o casi, unía a la aguda conciencia de su realidad la humillación de la pobreza. La ciudad se mostraba implacable con aquellos incapaces de seguir su paso: los expulsaba sin piedad. Las salas de reunión en las que se organizaban los bailes, los conciertos y las partidas de cartas continuaban abriendo sus puertas dos veces por semana. Las hermosas arañas de cristal tallado iluminaban los pasos de las parejas que se conocían, coqueteaban y, si la cosa convenía, llegaban a un acuerdo matrimonial entre las paredes estucadas y el beneplácito social.

Algo más abajo, cobijados de miradas indiscretas por los árboles y los arbustos de los jardines traseros, los jóvenes desairados se batían en duelo, pese a la estricta prohibición de que aquellos desafíos se llevaran a cabo. Algunas jóvenes, pocas, mal aconsejadas, se atrevían a fugarse; otras, más frecuentemente, cedían a las promesas o a la irresistible deriva del placer, y perdían con ello la reputación y el espacio que la sociedad les había permitido por nacimiento. Nuevos líos hacían viejos los romances y las rupturas del día anterior. Quienes quedaban fuera de esa vida, de ese pacto con una sociedad que parecía disfrutar con el orden pero que amaba el escándalo, eran rápidamente olvidados.

En octubre de 1806 los vecinos de Bath perdieron a una de sus habitantes más ilustres: las Austen dejaban la ciudad para vivir en Southampton con la mujer de Francis, Mary Gibson. Frank había regresado durante un breve espacio de tiempo, el justo para cobrar la parte que le correspondía de las capturas de sus presas, para celebrar la boda, saber de la llegada de su primer vástago y marcharse de nuevo. ¿Querrían su madre y sus hermanas acompañar a Mary mientras él se ausentaba de nuevo?

Querían, y no tenían elección: durante los siguientes tres años vivirían allí, apiñadas, pero en una sociedad menos hostil y menos exigente. Jane continuó a la espera, atrapada en un limbo vital y creativo que no finalizaría hasta que, como no podía ser de otra manera, Edward Austen ofreció una solución.

En 1809 Edward pudo al fin disponer de una casa adecuada, dado que había aclarado la situación con los inquilinos previos y finalizado unas obras de mantenimiento y mejora: era una propiedad en su feudo de Chawton, en Hampshire, no muy lejos de Steventon, otra casita de ladrillo y teja con seis habitaciones donde, si lo deseaban, Jane, Cassy, la señora Austen y Martha Lloyd, ya integrada como una hermana más, podrían vivir con modestia y la tan ansiada calma. Solucionado ese tema, solo quedaría negociar qué cantidad definitiva aportaría por cada hermano para el resto de los gastos.

La solución satisfizo a todos; la casita, atravesada por la luz y empapelada con motivos sencillos y coloridos, se alzaba muy cerca de la mansión principal de la finca, donde Edward pasaría temporadas con sus hijos, y justamente a sus pies se encontraba la iglesia donde acudirían a los servicios religiosos. Se harían con un carrito tirado por un burro, contrataron el mínimo servicio que necesitarían para el cuidado de la casa; Jane compró de nuevo un piano y una mesita muy pequeña, apenas un velador, donde la familia creía que revisaba las cuentas de la casa. A ella le correspondía la custodia de las llaves de la bodega y de las cajas de azúcar y té.

La tradición familiar afirma que se sentaba cerca de la luz y que una madera, o tal vez una puerta chirriante y nunca engrasada, avisaba de la presencia de extraños: que entonces veían cómo la tía Jane revolvía en sus papeles, en aquellas facturas nunca del todo aclaradas. Jane fue feliz en Chawton, pero no disfrutaría nunca de una seguridad completa: pronto unos vecinos, parientes lejanos del padre adoptivo de Edward, litigiarían por su derecho a la casa y las fincas. El pleito no se resolvería hasta después de su fallecimiento, y solo a cambio de una importante compensación económica.

Llegarían otros viajes: a Kent, a Londres, donde residiría en la casa de Henry, destrozado por el fallecimiento de Eliza, y se atrevería a negociar de manera directa con sus editores, y, por último, a Winchester, donde muy cerca del recinto de la catedral residiría en la última casa que habitó en su errar constante.

La decisión de mudarse allí fue, de nuevo, médica. Jane había comenzado a sentirse mal a finales de 1816, y en 1817 la única esperanza que parecía mantenerse era el tratamiento con un especialista reputado que vivía en la ciudad. En julio de ese año, Jane encontró su última morada: Cassandra vio marchar su cortejo desde la ventana de aquella casa en la que se había apagado lentamente. Doblaron hacia la derecha, pasaron bajo una de las puertas de la ciudad, giraron hacia el amurallado recinto catedralicio: los contactos de Henry y el respeto que merecía el difunto señor Austen permitieron que la hija menor del rector de Steventon pudiera ser enterrada en el suelo santo de la catedral de Winchester que, siglos antes, había sido testigo de cómo una María Tudor, enamorada hasta el ridículo, se desposaba con Felipe de España. Jane, la que bostezaba ante las fechas de los libros de historia, hubiera encontrado irónico acabar en uno de los lugares más emblemáticos del devenir de Inglaterra, panteón de los reyes de Wessex, como vecina de una reina llamada Emma.

Y le parecería aún más hilarante que la mayoría de quienes visitan hoy en día la catedral vayan a rendirle homenaje a ella, y no a quienes decidieron en su día el destino de aquella tierra.

6. La escritora

Sin duda los varones de la familia tuvieron sus razones para afirmar que nadie sospechaba que Jane escribía, y para fingir que no existieron los años en los que, todavía en vida, presenció un moderado éxito de sus obras, pero esa premisa es falsa, se debiera a la ignorancia, la despreocupación, la necesidad de enhebrar un retrato que encajara con sus intereses o la de esculpir a Jane con los rasgos del ángel del hogar victoriano.

Jane escribía con tanta asiduidad desde que era una niña que los textos que se conservan de ella hasta los diecisiete años ocupan tres volúmenes. Esa obra, llamada *Juvenilia*, le resultaba tan querida que la encuadernó a sus expensas y la conservó y la acompañó a todas sus mudanzas. Propiedad de la Biblioteca Británica, los tres volúmenes fueron publicados por primera vez en 1982, y muestran todos los ejercicios a los que Jane Austen sometía su estilo.

Por lo general son textos cortos, pequeños ensayos o breves obras de teatro. El estilo resulta aún vacilante, pero la voz de la autora y sobre todo, su mirada sobre la sociedad, se revelan con una nitidez sorprendente. Los textos más antiguos se remontan a 1787, las cartas y redacciones de una niña de doce años que no siente el menor respeto por todo lo solemne, lo venerado y lo sagrado que la rodea.

Que escribía para divertirse se encuentra fuera de toda duda: que ya entonces contara con la seguridad de tener varios lectores (Cassy sin duda, su padre, su madre y hermanos) la dotaba no solo de un público con el que podía experimentar y al que sometía a juegos de palabras y guiños en el mensaje, sino también de una reacción crítica inmediata. Los temas escogidos delatan que ni Jane rehuía la crítica social ni a su padre, el reverendo, le parecía mal que la usara. Su madre, poeta de verso rápido y ripio aún más veloz, valoraba el ingenio y la frescura. Respecto a Cassy, las historias de hermanas y aquellas en las que aparece directamente aludida (una historia en el volumen I se titula «La bella Cassandra») apelaban a su gusto y a su complicidad.

Eran obritas de prueba y error, pero entre las que se encuentra ya una versión primera de *Amor y amistad*, que cristalizaría años más tarde en *Lady Susan*, la perversa novela corta epistolar que desconcierta a muchos de los lectores de Austen. En esos volúmenes está el germen de lo que Jane sería: el tiempo le dotaría de hondura psicológica, de una maestría incuestionable con la estructura y con el manejo del tiempo, y de una mayor variedad de personajes. Pero el resto aparece claramente definido: si Jane las agrupa de esa manera corresponde a que consideraba que formaban parte de su aprendizaje y no de una obra digna de consideración.

Falta entre ellas la que durante algún tiempo se barajó como su primera obra publicada, *Sophia Sentiment, El sentir de Sofía*: James, entonces en St John's College, en Oxford, llevó a cabo lo que todos los autores novatos nos sentimos impelidos a hacer en la universidad: montar una revista. *The Loiterer* apareció el sábado 31 de enero de 1789, y desde ese momento y durante más de un año sostuvo periodicidad semanal. Duró bastante más que la media de las revistas universitarias.

Las premisas con las que aparecía resultaban interesantes: se entremezclaban lecturas morales y humor de cierto nivel, todo con artículos anónimos, si bien con el tiempo James reveló la autoría: la mayor parte de los textos le pertenecía, que para eso era el director. Un puñado de ellos, de su hermano Henry. Y en el número nueve, publicado el 28 de marzo de 1789, encontramos una carta en la que una lectora se quejaba del olvido en el que *The Loiterer* tenía a sus lectoras, a la que el propio James respondió en tono jocoso. ¿Era su hermanita de trece años la autora de la carta, en un eco de la Querella de las Damas del siglo XV? La idea resulta demasiado tentadora, y muy posiblemente no sea cierta.

En torno a los veinte años Jane ya había superado los límites de las obritas menores y se atrevería con novelas de una envergadura mayor. Podemos fechar en torno a 1795 la primera redacción de *Elinor and Marianne*, que luego sería *Juicio y sentimiento;* solo un año más tarde se encontraba ya ocupada con *First Impressions,* conocida después por *Orgullo y prejuicio*.

Durante ese tiempo vivía con sus padres en Steventon, y se encontraba en el momento más intenso de su vida social como debutante. Tom Lefroy la sacaría a bailar horas después de que se hubiera afanado sobre su escritorio portátil, un regalo de su padre que extravió alguna vez en sus viajes a Kent y que le había sido devuelto, para su alivio, porque no solo perdía con él el mueblecito que tan útil le era sino también los originales guardados en su interior. Jane escribía mucho y lo suficientemente bien como para que el reverendo Austen considerara que merecía la pena que la jovencita intentara publicar.

En 1797, con *First Impressions* recién finalizada, su padre escribió al editor Thomas Cadell, que contaba con dos generaciones de experiencia y publicaba a Samuel Johnson o a Fanny Burney, para ofrecerle la publicación de la obra, sin revelar sobre la autora otra cosa que no fuera el que era una joven inédita. La novela fue rechazada; las historias góticas o morales arrasaban en aquel momento entre lectoras, y *First Impressions* no encajaba ni en un modelo ni en el otro. Lejos de desanimarse, Jane releyó *Elinor and Marianne,* extrajo sus propias conclusiones y comenzó a darle su forma definitiva.

Por esa época visitó Bath por primera vez: esa visita, en la que se alojó con sus tíos Leigh-Perrot, que aún no sospechaban el escándalo que les aguardaba, fue deslumbrante y gozosa, y le sirvió para ambientar algunas de las escenas de la novela en la que, aún ofendida por el rechazo, estaba trabajando: *Susan* (más adelante, *La abadía de Northanger*) había comenzado a fraguarse.

Durante el silencio de los años de Bath esta era la novela más reciente, con la que Jane se encontraba más satisfecha y que, por su temática, con sus mordaces alusiones a lo gótico, más posibilidades tenía de encontrar editor. Jane la puso en circulación, y comenzaron así los años de silencio, malas prácticas editoriales y peleas por la autoría y sus derechos que se prolongarían hasta su muerte.

¿De qué hablaba Jane en sus obras? Del matrimonio, desde luego, y de su capacidad para moldear situaciones, personalidades e incluso toda una sociedad en torno a esa asociación: del criterio propio y la dignidad, de la alegría del enamoramiento y de la desolación del desengaño. Escogerá fijarse en la hipocresía, la lacerante injusticia de quienes se atreven a emitir opiniones y arruinar las vidas ajenas. Tratará de la mediocridad, que tan bien conocía, y de la posibilidad de aprendizaje y redención, siempre que se desee avanzar por ese camino.

Se sentirá a gusto en la novela de costumbres, pero también en el análisis psicológico, en la descripción de las relaciones familiares y en la disección del poder. No eran temas ajenos a otros autores, pero en sus manos se convirtieron en otra cosa, en un giro que transformaría la novela de la época y que le granjearía infinidad de imitadores y de entre ellos ni un solo texto a su altura entre los centenares que se publicaban al año.

La industria editorial de su época trabajaba de manera muy flexible: las formas de publicación se pactaban entre autor y editor o impresor, y oscilaban desde la venta por suscripción a la entrega de un anticipo por parte del autor o a que ambos compartieran gastos: por ejemplo, en 1814, Walter Scott, que contaba con una fama consolidada como poeta, sintió pavor ante el hecho de que su primera novela, *Waverley,* fuera un fracaso, y la presentó de manera anónima a su editor Archibald Constable, que reconoció su estilo y le ofreció un pago único de setecientas libras por los derechos. Era mucho dinero, como veremos luego, cuando lo comparemos con las cifras que se manejaban con Jane. Scott pensó que jamás vendería tanto como para compensar esa cantidad, y le propuso a Constable que fueran a medias con el beneficio. La novela se agotó en dos días, y supuso un éxito tan rutilante que el editor lamentó amargamente haber accedido al pacto.

Pero en 1803 lo mejor que consiguió Jane por *La abadía de Northanger* fueron diez libras de la editorial Benjamin Crosby & Co. En una práctica habitual incluso hoy, la editorial se reservaba con ello los derechos sobre la novela, y el que la autora publicara en otro sello. Seis años después la novela aún no había sido publicada, y Jane reclamó que le disolvieran el contrato por incumplimiento. La editorial se negó, a no ser que la autora les devolviera las diez libras del anticipo, pero Jane no tenía ese dinero, y la novela quedó secuestrada.

Tendrían que pasar ocho años para que una de sus novelas se publicara: fue *Juicio y sentimiento,* con Thomas Egerton, de la editorial Military Library, de Londres. Jane asumía los costes de la publicación, una inversión importante para ella. Con este contrato el riesgo financiero lo asumía la autora y no el editor. La elección de la editorial fue extraña, y se puede atribuir a que Henry, su hermano, que actuaba en su nombre, tiró de contactos y no se complicó mucho la vida. La novela, como haría en un futuro Walter Scott con la suya, se publicó de forma anónima: «Por una Dama». Adoptaba la forma de tres tomos en bruto, que cada lector podía luego encuadernar a su gusto para que encajara en su biblioteca, y la primera tirada osciló entre setecientos cincuenta y mil ejemplares.

No fue un éxito rutilante, pero se vendió completamente en dos años y en 1813 se anunciaba una segunda edición. Jane ganaba así sus primeros ingresos como autora, 140 libras, y confirmaba lo que siempre había creído: que podía publicar su obra y vivir de ella. Egerton aceptó a arriesgarse con una segunda novela de la autora: llegaba el turno de *Orgullo y prejuicio,* que apareció en enero de 1813, con una Jane eufórica que rápidamente envió tres ejemplares a tres de sus hermanos: Cassy, Charles y Edward, en Godmersham Park, donde la novela fue acogida y celebrada.

«De la autora de *Juicio y sentimiento*» era toda la pista sobre la autoría. Jane comenzaba a divertirse con la situación, que le permitía conocer la opinión de sus lectores sobre la obra sin comprometerse, y al mismo tiempo le daba nuevas pistas sobre el gusto literario de sus contemporáneos. Una de sus vecinas, la señorita Benn, trajo un ejemplar de su nueva novela para compartirla con Jane y su madre tras la cena. Exultante, Jane contaba en una carta a Cassy cómo habían leído la mitad de la novela en alto sin que la vecina tuviera la menor idea de quién la había escrito, y lo mucho que le había gustado.

Los siguientes años fueron de una actividad febril: las lecturas, las obras de teatro vistas y las correcciones constantes dieron sus frutos: en 1814 aparecía *Mansfield Park,* mientras Jane estaba ya trabajando en *Emma,* una obra en la que quería permitirse una protagonista a su gusto, aunque solo la comprendiera ella. Atrás quedaban las novelas de juventud donde las hermanas se reparten la acción. Las heroínas de Jane se separan de los modelos de infancia y de la necesidad de una lectura previa en familia.

Puede que los sobrinos vieran cómo Jane ocultaba bajo las facturas que corregía en el comedor, en la diminuta mesa octogonal, algunas hojitas en las que tomaba notas: pero las sobrinas recordaban cómo las menores quedaban excluidas de las sesiones en las que la tía se reunía con las mayores para contarles sus cuentos.

Jane no escribía a ratos perdidos en su mesita. Su obra se había convertido en una obsesión que prometía resultarle rentable, y que requería de largas horas en su escritorio. Y en su labor como autora no se sentía satisfecha con Egerton. Acompañada de Henry, a quien había ido a cuidar a Londres tras la muerte de Eliza, Jane discutió los términos de publicación, y se arriesgó un poco más: en este caso pagaba los gastos de impresión y publicidad de unos mil doscientos cincuenta ejemplares en tres volúmenes a dieciocho chelines cada uno; el papel era de una calidad inferior a las anteriores novelas, y el texto tampoco estuvo bien revisado. El editor distribuía la obra a cambio del 10 % de las ganancias de esa novela escrita «Por la autora de *Juicio y sentimiento* y de *Orgullo y prejuicio*». En cuatro meses la obra estaba vendida y le había dado un beneficio de trescientas veinte libras.

No era mucho, pero sí lo suficiente como para desgajarse de la dependencia familiar y para que la confianza y la seguridad en ella misma se dispararan. En ese punto, entre 1813 y 1814, la identidad, el trabajo y la fama de Jane comenzaron a convertirse en un tema ambivalente para su familia, en especial para Henry. Ante los elogios de una conocida a *Orgullo y prejuicio*, Henry no pudo o no quiso evitar revelarle que la autora del libro era su hermana. Jane, que no necesitaba explayarse demasiado en las cartas a

Cassandra para que ella le entendiera, sentencia el caso con una frase: «Se lo contó tan satisfecho como si yo le hubiera encargado que lo divulgara». El triunfo de la hermana se convirtió, como ocurrirá tantas veces en el futuro, en un éxito familiar, quisiera ella o no conservar el anonimato.

El tema salió de nuevo en una carta a Frank, en la que resultaba evidente que Jane estaba disgustada. «¿Y qué hace él, llevado por su vanidad y amor fraternal, sino contarles inmediatamente quién lo había escrito? Algo que empieza así ya sabemos cómo corre... y él, al que adoro, lo ha contado más de una vez. Permitidme que os dé las gracias a ti y a Mary por vuestra amabilidad y por respetar lo que yo quiero».

Mansfield Park, sin ser un completo fracaso, supuso una decepción para Jane, y la gota que colmó el vaso en su relación con Egerton. Los siguientes pasos delataban la ambición y la confianza que la autora había desarrollado en su obra: con *Emma* terminada, se dirigió a uno de los editores de moda, John Murray, que publicaba, entre otros, a Lord Byron y a Maria Edgeworth. Con excelentes contactos, asentada reputación y abundantes éxitos a sus espaldas, esta nueva editorial suponía un salto importantísimo para Jane, no exento de sinsabores. Jane podría vender más o menos, pero ya no era una desconocida, y competía en otra liga, donde habría poca clemencia y muchos juicios. Maria Edgeworth, que conocía a sus tíos, pero posiblemente no los relacionara con ella, reaccionó con frialdad al ejemplar que le mandó como regalo. Maria estaba percibiendo auténticas fortunas por sus libros, hasta dos mil cien libras de anticipo, el sueño y el referente de cualquier autora menos popular. Walter Scott ni siquiera hizo mención a *Mansfield Park* en una reseña de la autora. Además, comenzaba a sufrir presiones, algunas de ellas tan relevantes como las que podía ejercer el príncipe regente, para condicionar el contenido de su obra. Y, en el plano personal, Henry acababa de sufrir la desgracia y la quiebra de su banco.

Con ese hecho, la vida de las Austen experimentaba un giro que recordaba a la muerte del padre, ya casi completamente asumida. Henry se retiraba a ser un cura rural en Chawton, y Jane perdía casa y contactos en Londres. La economía familiar se resentía bruscamente, si bien Jane había conseguido que poco antes Henry hubiera comprado en su nombre *La abadía de Northanger* a Crosby por las diez libras originales.

Jane, que comenzaba a encontrarse enferma a menudo, retocó *La abadía de Northanger* con poco mimo y sin mucho esmero: la novela volvía de un limbo de trece años, como la autora aclaraba en un prefacio en el que se disculpaba si las situaciones y los hechos habían envejecido. Lo cierto es que le interesaba mucho más *Persuasión*, que estaba finalizando en ese momento.

Es posible que intuyera que no le quedaba demasiado tiempo: Jane deseaba que Henry cuidara de su obra y que Cassandra heredara los beneficios, que hasta ese momento se elevaban a 575 libras, pero que, con reediciones anteriores y la promesa de publicar las dos obras que permanecían inéditas, podría garantizarle algunas comodidades.

Así fue: liberado ya de la promesa de anonimato por su muerte, Henry escribió una nota biográfica que acompañaría las dos últimas novelas de Jane, *Persuasión* y

La abadía de Northanger, publicadas en diciembre de 1817, medio año después de su muerte. Hablaba allí el hermano, el representante, el editor y el garante de la imagen de sus hermanas, y marcaba, desde ese primer momento, gran parte de los tópicos y las creencias sobre Jane, la edulcoración del carácter de una autora que se reía de todo y de todos, que se enfurecía con más frecuencia de la permitida, aguda, incansable, extraordinaria. Y la labor iniciada por Henry marcaría el camino en el que todos se referirían a la tía Jane.

7. La solterona

Una de las cartas más deliciosas que se conservan de Jane Austen, escrita con la mezcla de ternura y solemnidad que tanto valoran los adolescentes cuando aspiran a que ya no se les considere unos niños, tuvo como destinataria a su sobrina Caroline.

Ahora que te has convertido en tía eres una persona de cierta relevancia, y cualquier cosa que hagas despertará un gran interés. Siempre he defendido la importancia de las tías tanto como he podido, y estoy seguro de que a partir de ahora tú harás lo mismo.

La carta está fechada el lunes 30 octubre de 1815. Caroline tenía diez años, y su medio hermana Anna Austen, de casada Lefroy, acababa de dar a luz a su primera hijita, Anna-Jemima. La carta es un prodigio de psicología: coloca en el centro de la narración a una niña que corría el riesgo de ver cómo la atención que siempre había recibido como la menor de la casa se deslizaba a un bebé, refuerza el hilo afectivo entre ella y la propia Jane, y genera un vínculo de responsabilidad y orgullo hacia la recién nacida.

Pero tan interesante como lo que cuenta y cómo lo hace es la situación que coleaba tras la carta: Anna Austen, la única hija que James había tenido de su primera esposa, se había casado contra el consejo explícito de Jane y Cassandra, que a sus 21 años la consideraban demasiado joven, demasiado impulsiva, demasiado proclive a cometer equivocaciones. La relación con Mary Lloyd, su madrastra, no era buena, y probablemente oscilara entre la desidia por velar por los intereses de la joven y acompañarla en la búsqueda de un buen esposo, y la impaciencia por perderla de vista. Anna se había criado durante años con sus tías, que conocían bien los defectos de su carácter y que la amaban con ternura, *casi como a otra hermana*, y deseaban que diera el paso más importante de su vida con serenidad y por las razones correctas.

Puede resultar contradictorio que en una sociedad en la que el matrimonio resultaba la función más valorada que una mujer podía desempeñar dos tías solteras refrenaran a una joven bonita, entusiasta y enamorada y la animaran a casarse más tarde. Jane no se cansaría de aconsejar a las niñas que la rodeaban que retrasaran su boda todo lo que les fuera posible; en realidad no hablaba de la soñada ceremonia en la que consolidaban su posición social y, si lo había, de su amor, sino de lo que se avecinaba a continuación: los embarazos, los partos, la lactancia. Una boda tardía, pensaba ella con razón, garantizaba que por unos años más la novia gozara de su belleza, y sobre todo de su salud.

Así se lo recomendaba a su sobrina Fanny:

> Al no comenzar con todo lo que conlleva la maternidad tan temprano en la vida, mantendrás una constitución joven, y conservarás el ánimo, la figura y el semblante, mientras que la señora Hammond [una amiga de Fanny que acababa de casarse] envejecerá a consecuencia de los confinamientos y la crianza.

Cuando le escribía estas palabras, el 13 de marzo de 1817, Jane se encontraba ya muy enferma: la salud se había convertido en el bien más preciado al que podía aspirar.

Pero mucho antes de que la enfermedad le brindara esa lucidez Jane sabía de lo que hablaba: la sociedad georgiana carecía del pudor con el que se tratarían las cuestiones fisiológicas unos años más tarde. Le bastaba ver a su madre, que nunca fue hermosa pero sí imponente, desprovista de sus dientes delanteros tras ocho embarazos. Las mujeres de su entorno quedaban embarazadas año tras año, y dos de sus cuñadas ya habían fallecido en un parto.

La esposa de Edward, Elizabeth, murió en 1808, tras dar a luz a su undécimo hijo en diecisiete años. De poco le sirvió su privilegiada posición económica, o lo refinado de su origen. Frente a las infecciones puerperales caían las bellas y las picadas de viruela, las pobres y las ricas, como en un tétrico recordatorio de las danzas de la muerte medievales. Fanny Palmer, la esposa de su hermano Charles, se había casado a los diecisiete; murió antes de los veinticinco tras dar a luz a su cuarto hijo.

Las madres muertas dejaban, además del devastador hueco emocional, una difícil herencia a sus hijas: si eran niñas pequeñas, lo habitual era que se encontraran en la situación de Anna. Una madrastra, con sus intereses particulares, con hijos propios y opiniones muy definidas sobre el nuevo orden familiar, se haría cargo de la casa, de los pequeños habidos en el anterior matrimonio y de las necesidades sexuales del varón. Si ya contaban con cierta edad, las hijas mayores asumían el papel de madres sustitutas y de amas de casa, como hizo Fanny Knight cuando murió su madre. La jovencita gobernó la casa y cuidó, además de a su padre, a los diez niños que la seguían, uno de ellos un bebé recién nacido.

Cuando Fanny le escribió a su tía Jane que otra de sus tías por parte de madre, la señora Deedes, había tenido su hijo número dieciocho en veintiséis años de matrimonio, la escritora contestó con una amargura apenas escondida bajo el humor: «les recomendaría a los Deeds que adoptaran el sencillísimo régimen de habitaciones separadas». La señora Deed tenía cuarenta y cinco años, apenas cuatro más que Jane en febrero de 1817, cuando formuló estas palabras. Ella, que en otros tiempos se había burlado con ligereza de aquellos temas, había perdido ya la paciencia ante el precio que las mujeres, únicamente las mujeres, pagaban por el deseo y la maternidad.

Además, por esas fechas Anna estaba embarazada de su tercer hijo en menos de dos años y medio de matrimonio. Los miedos de Jane se estaban cumpliendo paso tras paso. «Anna no tiene ninguna posibilidad de escapar... Pobre animal, se habrá consumido antes de los treinta. Me apena mucho. La señora Clement también está embarazada otra vez. Estoy cansada de tantos niños. La señora Benn ha tenido el decimotercero».

Lo cierto es que la relación de Anna con toda la familia empeoró tras la decisión de casarse, y ese deterioro se manifestó muy especialmente en el caso de su tía Jane. Las razones para ello son complejas, y en ellas puede jugar un papel importante las expectativas que una proyectaba en la otra. Anna, digna hija de su padre, poseía talento para la escritura y vocación literaria. Lo que en un principio había sido acogido por la tía como una alegre revelación y había estrechado la complicidad entre ellas, con lecturas, peticiones de consejos y críticas y opiniones minuciosas, corría el riesgo de hacerse trizas cuando las obligaciones del matrimonio impidieran que Anna continuara con sus lecturas, sus proyectos de novela, su mundo propio.

Para más inri, el enamorado de Anna no era ningún desconocido, sino que había escogido a Ben Lefroy, el hijo de la difunta señora Lefroy, y primo de Tom, con quien Jane había coqueteado veinte años antes. Pero, por alguna razón, si bien Jane estaba más que dispuesta a que el éxito literario que ella rozaba ya con la punta de los dedos se repitiera con su sobrina, no vio nada conveniente ni reparador en que la siguiente generación de Austens y Lefroys completaran el romance que ella no había vivido.

Nos preocupa mucho que la cosa vaya bien [...]. Me parece sensato, muy religioso, desde luego [era sacerdote], con buenos contactos y una cierta independencia. Hay una disparidad de gustos entre ellos que me genera aprensión: él odia la gente y a ella le encanta. Esto, con ciertas extravagancias de carácter por parte de él y la excesiva inestabilidad de ella, resulta inconveniente.

Pero los jóvenes de los últimos años de Jane Austen se regían por razones e impulsos muy distintos a los que sus tíos contemplaban dos décadas antes: se imponía un mundo nuevo, definido por las guerras napoleónicas, el individualismo y el furor byroniano, en el que el sentimiento ganaba con frecuencia la lucha contra el juicio. Anna y Ben Lefroy se casaron en Steventon en noviembre de 1814, en una ceremonia deslucida, en la que no hubo estufas que templaran el ambiente, ni flores, y con la ausencia de la mayoría de la familia extensa.

Desde ese momento la ambivalencia de Jane hacia su sobrina favorita permea sus cartas y sus comentarios, si bien hay que tener muy en cuenta que se perdieron, destruyeron o mutilaron una cantidad desconocida de textos privados en los años siguientes, que nos podrían facilitar unas pistas más claras respecto a esa y otras relaciones. Dada la tendencia a censurar los comentarios más ácidos de Jane, no parece muy probable que se hayan perdido textos en los que se muestre más clemente.

Jane tampoco era la joven entusiasta, divertida e interesada en los vaivenes amorosos de su entorno. Pesaban en ella los últimos quince años de inestabilidad económica, la dureza del examen social de Bath, los desengaños con el mundo y la constatación de su relación real con sus hermanos, cada uno ocupado en su propia carrera y con su propia familia.

Ella, desprovista de ambas, había encontrado un cierto equilibrio en su vida de soltera, en el pequeño núcleo femenino en el que se había convertido Chawton, un espacio de mujeres solas, bien avenidas, que no acudían a fiestas si no era para que las sobrinas se divirtieran:

mientras ella se acurrucaba junto al fuego y, confiada en que nadie repararía en ella, observaba a todos y se tomaba una copa. Solo había manifestado un interés cortés, a veces un poco exasperado, en las vacilaciones de Anna cuando dudaba entre pretendientes, el suficiente como para hacerse una idea de la volatilidad de sus emociones. La autora que desgranaba con un mimo meticuloso los escrúpulos amorosos de sus protagonistas, controladas por ella hasta el más mínimo gesto, se impacientaba con los exaltados bandazos de las jovencitas reales.

A las pocas semanas de su boda, Anna escribía a Jane con una de las peticiones que más puede hastiar a una escritora: que leyera la novela que estaba escribiendo y le diera una opinión sincera. Es posible que con ello la sobrina pródiga buscara restaurar el lazo de unión entre ambas, y transmitirle a la tía la sensación de que nada había cambiado.

Estoy muy lejos de considerar tu libro un espanto, te lo aseguro. Lo he leído de inmediato y con mucho gusto, y creo que estás haciéndolo muy bien. De hecho, creo que avanzas muy rápido. Ya me gustaría que otra gente que conozco escribiera a esa velocidad [...] y eso de que él se enamore de la tía le da al interés que siente Cecilia un giro muy interesante. Me gusta la idea. ¡Es un detalle muy adecuado para una tía! Me encanta la idea de que en realidad a las sobrinas las pretenden porque no pueden aspirar a sus tías. Me atrevo a asegurar que Ben estaba en realidad enamorado de mí, y ni se le hubiera ocurrido pensar en ti si no me hubiera dado por muerta por la escarlatina...

La carta continúa, y en ella los elogios son demasiado generales; la sospecha de que Anna escribe para complacer a su tía y que lo hace rápidamente, sin atención y sin ni siquiera saber lo que ocurrirá a continuación aparece mencionada y, lo que es peor, Jane cita como si fueran nuevos hallazgos algunos detalles que Anna ya le había enviado antes. Hay alguna parte, quizás aún más cruda, que fue rasgada. Sea por la razón que fuera, los niños, el matrimonio, el desánimo ante la falta de apoyo de su tía, Anna no acabó su novela.

Jane le confió a su otra sobrina, Fanny, su decepción con Anna, cómo derrochaba el dinero, cómo había cometido un error del que con el tiempo se arrepentiría, el desastre que era como ama de casa, lo absurdo que le parecía que hubiera comprado un piano cuando no tenía talento ninguno. Al casarse, Anna había traicionado a su tía; si hasta aquel momento le había complacido hasta qué punto se parecían las dos, después de la boda rechazó de manera tajante todo aquello que las asemejaba.

Sin embargo, Jane se equivocó: Anna vivió un matrimonio largo y feliz, con muchos hijos y algunas novelas: en 1833 publicó *Mary Hamilton*, en 1841 llegaría *El cuento de invierno*, y en 1864 sus *Memorias de la tía Jane*. La sobrina nunca logró desvincularse del todo de la influencia emocional y literaria de aquella mujer inteligente, corrosiva, protectora sin ser maternal: intentó, en un acto a medio camino entre la soberbia y el homenaje, ponerle el punto final a la inacabada *Sanditon*.

¿Qué quería Jane, qué demandaba de su sobrina y del resto de las mujeres que la rodeaban? ¿Era esa rigidez con la joven Anna una forma de reacción ante las exigencias y el desprecio que ella recibía como solterona, un intento de que la hermana que no fue, la hija que no era, se moldeara a su imagen y semejanza? Cassandra había decidido, tras el fallecimiento de su prometido, que su destino sería el celibato: cuando Jane, de mejor o peor gana, siguió ese mismo camino, como había hecho durante toda su vida («si a Cassandra le cortaran la cabeza, Jane no pararía hasta que le cortaran la cabeza a ella también», había dicho su madre) sabía que no estaría nunca sola.

Sus sobrinos las recordarían juntas, cabeza con cabeza, vestidas como solteronas antes de lo que les correspondía, con cofias anticuadas y botas resistentes para los paseos que las llevaban por los alrededores de Chawton: ante los ojos adolescentes, para quienes el mundo gira a su alrededor, eran mujeres mayores, a las que no se les suponían intereses, con una vida que comenzaba cuando les abrían las puertas de su casa, les servían el té y los mimaban y que finalizaba cuando regresaban a sus casas. ¿Qué hacían las solteronas en su tiempo libre, durante las horas en las que no se dedicaban a los demás? ¿A quién le importaba?

Por eso la sorpresa ante la obra de Jane y las interpretaciones posteriores de cómo se había desarrollado de quienes la conocieron resulta genuina: ¿escribían las mujeres solteras? Quizás alguna. Maria Edgeworth, la autora de *Castle Rakrent*, vivía como secretaria y administradora de las fincas de su padre y, la segunda de veintidós hijos, ayudó a sus tres madrastras con los niños. Pero Madame de Staël, una de las figuras literarias más importantes de la época, estaba casada con el embajador del rey de Suecia en París. Fanny Burney, de cuya obra *Cecilia* se cree que extrajo Jane el título de *Orgullo y prejuicio,* se casó con el general Alexandre D'Arblay. Ann Radcliffe, la admirada autora de *Los misterios de Udolfo,* que fascinarían a la inocente Catherine Morland de *La abadía de Northanger,* viajaba por toda Europa con su marido.

La figura de la escritora solterona, aferrada a la pluma y a sus historias, era a menudo una caricatura, menos frecuente que la de la mujer casada que había recibido una buena educación y contaba con el apoyo de su entorno para que sus obras se publicaran, que la viuda que recurría a los ingresos generados por las historias para mantenerse o que la mujer separada o con una vida escandalosa que, más o menos abiertamente, compartía su vida y sus intereses con otros escritores y artistas.

Para Jane la certeza de que su obra merecía la pena se unía a la precariedad económica en la que siempre había vivido. Cuando sus allegados se enteraron de que había publicado un libro, hacía más de diez años que luchaba por obtener sus derechos de autor, y llevaba escribiendo más de treinta.

8. La tía

Cassy no solo acompañó a Jane en sus últimas horas en Winchester, sino que fue la encargada de dar la noticia de su muerte a todo el entorno familiar. Algunos ya lo sospechaban, tras haberla visitado y haberla encontrado tan gravemente enferma. A su madre le ahorrarían la pena y la exposición del entierro; además, debían prepararse para otra pérdida inminente. James, el hermano mayor, se encontraba también delicado, y moriría en 1819, dejando a su único hijo varón, James-Edward, como destinatario de la elusiva fortuna de los Leigh-Perrot.

Dos días después de la muerte de su hermana menor, aún en shock por la pérdida, Cassy escribía a su sobrina Fanny una larga y muy famosa carta fúnebre, en la que le reafirmaba el amor que Jane sentía por ella. Fanny había escrito angustiada: su tía se estaba apagando, y en las últimas semanas su único afán había sido reconciliarse con aquellos a los que dejaba atrás (con la esposa de James,

Mary, sellaba así un largo periodo de tensiones y regresaba a la amistad descomplicada de la juventud) y descansar. Pasó los días anteriores a su muerte dormida, al parecer, casi todas las horas del día. Su agonía resultó larga y dolorosa: en sus últimos días en Chawton, ella y su madre, también convaleciente de alguna dolencia más imaginaria que real, se hacían compañía, la anciana en el sofá, la hija menor tendida sobre tres sillas acomodadas con cojines. Pero de eso hacía semanas, y Jane solo había empeorado.

No le sobraban las ganas de escribir, y si lo hacía, era para ella: un poema, los días previos a su muerte. Algún encargo susurrado a Cassy. Las relaciones con el mundo exterior, con aquel lugar remoto que era Godmersham Park o los pequeños malentendidos que pudieron tener en los últimos meses y que en ese momento torturaban a Fanny carecían ya de importancia para ella.

La carta de Cassandra demuestra lo que ocurría en aquellos días tempranos de duelo: muerta Jane, a los miembros de la familia les importaba menos ella que lo que sentía cada uno de ellos, cómo podían poner en orden recuerdos y datos, y en qué escalafón se encontraban respecto a la fallecida. Nadie albergaba la menor duda de Cassy: era su favorita, quien más derecho tenía a invocar la cercanía y la ausencia de Jane. Y así se lo manifestaba a Fanny.

He perdido un tesoro, tal hermana, tal amiga que nunca habrá nadie igual; ella era el sol de mi vida, lo que completaba cada placer, el consuelo de cada pena. Nunca le oculté un pensamiento y ahora es como si hubiera perdido parte de mí misma. La amé más de lo que debí (no de lo que ella merecía), pero soy consciente de que mi cariño por ella me hizo a veces injusta y negligente con los demás, y reconozco, más allá de todo, la justicia de la mano que ha asestado este golpe.

Jane le había sido entregada a Cassy como su juguete cuarenta años antes, y bajo el innegable dolor la carta delataba la certeza no solo de que le pertenecía sino de que había vivido para ella. Es más, que había muerto por ella, quizás como castigo para que Cassandra aprendiera, una vez más, a no amar demasiado. La estoica Cassy que sobrellevó la pérdida de su amor y la enfermedad y muerte de su hermana pequeña con una dignidad y una discreción que le merecieron el respeto de todos, mostraba, en un sorprendente giro narcisista, que no solo se había llevado a su hermana a ese mismo camino sino que concebía la enfermedad, el dolor y la tortura de los últimos momentos de Jane como una lección moral que alguna deidad obsesionada con ella quería enseñarle.

No es una carta especialmente generosa, aunque en una primera lectura pueda parecerlo. Cassy sigue, una larga misiva en la que aunque se disculpa por alterar a Fanny, no se detiene en sus descripciones. Cassy sabía que no solo Fanny leería esa carta: su rama familiar era extensísima, y el que más o el que menos de sus treinta sobrinos conocerían el contenido de esa primera misiva. James-Edward acudió al funeral y portó el ataúd de Jane en sustitución de su padre enfermo. El resto de los hermanos (Edward, Henry y Frank) le acompañarían. Faltaba Charles, el cariñoso y atento hermano menor, embarcado. George, a quien nadie esperaba, que sobrevivía, inesperadamente, a Jane, y James, demasiado enfermo ya, escribió un poema tan largo como delator, en el que la envidia por su talento y la pena por perderla se entrelazan verso tras verso.

Poco tiempo más tarde, en la nota biográfica, Henry insistirá en algo que también aclara James: Jane era lenguaraz y amiga de la burla, pero la creadora de los personajes y las caricaturas con las que tanto disfrutaban sus lectores «nunca hería los sentimientos de un amigo». Ya no tenía sentido fingir que nadie sabía quién era Jane, algo que a Henry ya le había costado mantener: James Edward le había dedicado unos ilusionados versos en los que confesaba que al saber que su tía era la autora de aquello se había sentido «como un cerdo al que el carnicero acaba de clavar su cuchillo», y en un futuro consideraría su obligación consagrarse al legado de Jane.

Cuando en 1869 publicó *A Memoir of Jane Austen,* ya había reinventado la figura y los recuerdos de su tía: «Puedo dar fe de que los rasgos de sus personajes más agradables eran el verdadero reflejo de su dulce carácter y su amoroso corazón. Yo era joven cuando la perdimos; pero las impresiones en los jóvenes son profundas, y aunque en el transcurso de cincuenta años he olvidado mucho, no he olvidado que tía Jane era el deleite de todos sus sobrinos y sobrinas. No la considerábamos inteligente, ni mucho menos famosa; pero la valorábamos como alguien siempre amable, comprensiva y divertida».

Caroline, su hermana, también reclamaría su espacio y su relación. Defendería que aunque todos adoraban a Cassandra, incluida la propia Jane («pregúntale a la tía Cassy... ella sabe todo»), Jane había sido su tía favorita. Los sobrinos menores se encontraban en una clara desventaja: eran demasiados. Si Jane los había cuidado o acunado, la relación y el tiempo de convivencia había sido mucho menor que con los mayores. A quien recordaban sería a Cassandra. Cuando la visitaban en Chawton, muerta ya la abuela Austen, era a la casa de la tía Cassy donde iban. La Jane real se esfumaría cada vez más, hasta convertirla en lo que cada uno de ellos necesitaba.

Fanny, la destinataria de aquella carta, la «sobrina casi hermana» que competía con Anna, la otra sobrina mayor, por el afecto de Jane, a la que esta había dedicado parte de su *Juvenilia*, fue la única que se libró de aquel efecto embellecedor. Ya anciana le escribiría a una de sus hermanas menores: «Jane no era tan refinada como correspondía a su talento... Los Austen no eran ricos y las personas con las que se relacionaban no eran de muy buena cuna. A las tías las criaron en la más completa ignorancia del mundo [...] y si no hubiera sido por el matrimonio de Papá, que las llevó a Kent, habrían estado muy por debajo de la buena sociedad, aunque eso no las hubiera hecho menos inteligentes y agradables».

Son palabras duras, en particular si no se tiene en cuenta en qué momento fueron escritas y cómo funcionaba la diferencia de clases, pero con las que Jane hubiera estado posiblemente de acuerdo. Si algo aborreció siempre fue el fingimiento de aquello que no era, y que el resto de sus sobrinos se empeñaban en hermosear.

Además, después de Cassandra sus sobrinas eran su debilidad. Poco antes de morir había escrito a la propia Fanny:

Adieu, mi querida Fanny. Nada me proporcionará mayor deleite que una carta tuya. [...] Toda tú eres imaginación. La parte más sorprendente de tu carácter es que, a pesar de tener tanta imaginación, una mente en vuelo continuo y fantasías sin límite, goces de un juicio tan excelente en todo lo que haces. Supongo que se debe a tus principios religiosos. Bien, adiós y que Dios te bendiga.

De hecho, los propios juicios que Jane emitía sobre sus sobrinos no brillaban por su tacto. Cassandra *Cassy* Esten, la hija de Charles con su primera esposa, desesperaba a Jane. «Sería realmente una niña encantadora, si se esforzara un poco». «Me encantaría volver a verla, decía meses después, pero temo que me decepcione con algún comportamiento desagradable [...], es igual que la familia de su madre, no puede evitarlo».

Los Austen Knight también la sacaban de quicio. «Como escribí sobre mis sobrinos con un poco de amargura en mi última carta, creo que debo rectificar y decir que fueron ayer a misa. Pero en nada estos dos, que están fuera con los perros de caza, volverán a casa y me darán un disgusto con cualquier capricho de consentidos o alguna de sus manías con el deporte».

Generaciones más tarde, los lectores de Jane Austen hemos desarrollado unas relaciones muy similares a las que sus sobrinos, unos y otros, sostenían: la idealización de su figura, la necesidad casi dolorosa de encontrar paralelismo entre su vida y su obra, y su vida y la nuestra. El embellecimiento de su figura, si bien menos obvia, menos infantil que la imagen oficial que de ella se difundió, basada en una acuarela inacabada que trazó Cassandra.

Se ha producido, además, una extraña fusión de otros elementos de su época que se insertan a la fuerza en sus tramas o sus personajes: el malditismo, la desolada extrañeza de los héroes románticos frente al mundo o incluso la oscuridad del héroe byroniano se han colado en sus novelas, hasta el punto de que adaptaciones y versiones contemporáneas interpretan a Mr Darcy en un tono más cercano al Heathcliff de *Cumbres borrascosas* que al desconcertado e inmaduro caballero original. Leemos a Jane filtrada por las generaciones posteriores, con el tinte que agradaba a sus sobrinos, cómodamente instalados en sus salones pequeños, cálidos y abigarrados. No es la Jane original, pero sí una más manejable, más agradable.

Sus sobrinas le confesaban, con mayor detalle y más apertura que a nadie, sus cuitas amorosas, y los lectores posteriores han convertido a Jane en la santa patrona de la literatura sentimental. Las novelas de Jane Austen han perdido gran parte de sus aristas, se han sacudido la sátira y la crítica a la estupidez por el camino para transformarse en una eterna danza entre amantes, en la que todo lo que queda fuera del salón sobra.

El periodo georgiano, breve en comparación con las largas décadas victorianas, quedaría congelado en el tiempo, malentendido, incomprendido. Se borrarían de la memoria las charadas, las parodias y el corrosivo sentido del humor, la falta de gazmoñería, el horror de la Revolución Francesa y el miedo constante que causaba Napoleón. Sin la sólida capa de crítica y lucidez, sus novelas se convertirían en romances inofensivos, en los que el final feliz perdería las sutiles referencias que nos hacen leer entre líneas la intención de la autora: sin esas referencias, la sátira se convertiría en una historia más con final feliz.

El proceso no ha finalizado: desde una adaptación de *Orgullo y prejuicio* zombie, hasta el giro hacia un asesinato que debe resolverse, a las distintas precuelas, secuelas, las novelas protagonizadas por su hermana o las historias en las que impera lo *queer*. Desde los libros de autoayuda que recorren las frases mencionadas en sus novelas al uso de su época o la atmósfera como elementos que vertebran otras narraciones, el universo de Jane Austen no solo no pierde fuerza, sino que no deja de crecer. A ello se suman las imitaciones más o menos afortunadas, las obras de fans. Su eco en plataformas de escritores aficionados resulta más que evidente.

Pocos autores literarios generan ese vínculo. Por lo general son el respeto, la incomprensión o la admiración ciega lo que relaciona a los lectores con los escritores: pero el caso de Jane resulta diferente. Por dispares que sean sus circunstancias, las nuevas lectoras establecen con ella una cercanía que no se agota, al margen de cuántas biografías exploren su no muy interesante vida. Jane no solo se ha convertido en una maestra vital, sino en una cómplice, una señal de compatibilidad, un código secreto difundido a voces: las adaptaciones audiovisuales de sus obras se repiten cada pocos años, y cada una de ellas marca una capa freática generacional y una manera de comprender ese momento y sus códigos amorosos.

De hecho, las sobrinas de Jane Austen son cada día más: sus obras, en especial *Orgullo y prejuicio* y *Emma*, se leen más ahora que hace veinte años. En un momento en el que la necesidad de identificarse de manera profunda y sin fisuras con las protagonistas de las novelas representa una de las más marcadas características de éxito, las lectoras han reconocido en los distintos arquetipos de la autora una o más almas gemelas a las que vincularse.

Aunque limitadas por las restricciones sociales de la época, las heroínas de Austen son activas, independientes y con un fuerte sentido de sí mismas. Son individualistas, pero no egoístas; adorables, pero no perfectas. Se encuentran tan limitadas y atadas por las condiciones sociales como sus lectoras actuales, pero reflejan una capacidad para tomar decisiones con una integridad inquebrantable, y rechazan las normas impuestas si no están de acuerdo con sus valores personales. Hay en ellas una pureza libre de santurronería y una fidelidad a sus principios que las salva del envejecimiento que han sufrido la mayoría de las novelas de la época.

Nadie podía imaginar nada de esto en 1817, con sus seis novelas publicadas: entonces Jane y sus obras parecían condenadas a seguir el mismo destino, y esfumarse tras unos pocos meses, desintegradas bajo la lápida de la catedral de Winchester. Y sin embargo, en muchos sentidos, la promesa literaria que era Jane Austen arrancaba entonces, exactamente después de su muerte.

9. La promesa

En 1815 el príncipe regente pidió que Walter Scott acudiera a palacio para cenar con él. Había leído con fruición *Waverley*, y deseaba conocer a su autor, conocido hasta entonces como «El Mago del Norte». Si bien la ficción del anonimato se mantuvo durante varios años, cada vez más lectores conocían la identidad de Scott, y Jorge IV se encontraba entre ellos.

De Jorge IV pueden destacarse innumerables defectos, y casi todos ellos irritaban a Jane Austen: era un libertino, un ludópata capaz de contraer deudas que ascendían a seiscientas mil libras esterlinas con la promesa de que las pagaría cuando accediera al trono. Alcohólico y vividor, la inveterada creencia de que sentaría la cabeza cuando se casara llevó a su padre Jorge III a casarlo con su prima Carolina de Brunswick.

No fue así: Jane Austen, como toda Inglaterra, supo que había pasado la noche de bodas en un sofá del palacio de Saint James tras aparecer en la ceremonia completamente borracho, y a las humillaciones públicas y privadas a las que sometió a su esposa, la princesa Carolina, se añadió la bigamia. El príncipe de Gales se había casado morganáticamente a espaldas de su padre, el rey, nueve años y medio antes de la boda, con Mary Fitz-Herbert, la viuda católica de un oficial irlandés. Por mucho que su romance con Mary pudiera percibirse como una irreductible historia de amor por algunos, la mayoría del pueblo mostró su apoyo a la humillada princesa Carolina, a la que su marido, cuando se convirtió en rey, llevó a juicio por adulterio en un intento de anular el matrimonio; las caricaturas no les daban descanso, y la mala relación real se convirtió en un asunto público.

Este era el hombre que cuando su padre debió retirarse por razones de salud mental sirvió como regente del reino, y bautizó así este periodo de la historia como la Regencia, que se extendió de 1811 a 1820: desde ese momento, a la muerte de su padre, el príncipe regente fue rey, pero el inusual arreglo anterior le había permitido ejercer una enorme influencia sobre la moda, las costumbres y la arquitectura. Era un hombre culto que hablaba varios idiomas y al que le interesan el teatro y la literatura. Vestía de manera extravagante, lo que le permitía disimular su imparable obesidad, y con Walter Scott moldeó el que sería el traje de gala escocés.

Estaba tan al tanto de las novedades que el 28 de octubre de 1811 se registra un pago por quince chelines (cinco chelines por volumen) de *Juicio y sentimiento* a la librería Becket & Porter. El príncipe regente había comprado la primera novela de Jane Austen antes de que siquiera fuera publicada, y él y la princesa Carlota, nacida de milagro de ese matrimonio delirante, continuaron leyendo a *Una dama*.

La dama en cuestión escribía a su amiga Martha Lloyd lo siguiente mientras se preparaba el caso contra la princesa Carolina: «Supongo que todo el mundo está emitiendo juicios sobre la carta de la princesa de Gales. Pobre mujer. La apoyaré mientras pueda, porque es una mujer y porque odio a su marido».

Lo que menos podía imaginar Jane en esos momentos es que en 1814, mientras pasaba una temporada con Henry, el príncipe regente se enteró de que estaba en Londres y pidió a su bibliotecario, James Stanier Clarke, que la invitara a la biblioteca de Carlton House.

Esta es una prueba más de que los pseudónimos llegaban hasta donde el autor deseaba que llegaran, si bien en este caso fue de nuevo Henry quien delató la identidad de su hermana. El médico que lo trató durante su enfermedad era también uno de los que atendía al príncipe regente, y en la conversación se coló la curiosidad de que era un entusiasta lector de los anónimos libros de cierta dama. Henry reveló al momento el nombre y el orgullo que sentía por su hermana, y poco tiempo después el príncipe quiso conocerla.

Pero Jane no era Walter Scott, y aunque acudió a ver la biblioteca, hizo todo lo posible para no conocer al príncipe. Le fue suficiente soportar a su bibliotecario, un hombrecillo pomposo, pagado de sí mismo y de su posición, aunque, hemos de reconocer, con un exquisito gusto literario. Si Scott fue el vehículo para que el príncipe pudiera desarrollar su fascinación por las teatrales vestimentas escocesas, Jane recibía también dos encargos.

El primero procedía directamente del príncipe, y no se le podía negar: su alteza deseaba que la autora le dedicara su siguiente libro. Jane, mascando vidrio y arsénico, se vio obligada a complacerle. *Emma*, por lo tanto, sería precedida por una dedicatoria que debió escribir dos veces (la primera no le pareció adecuada al editor, John Murray, que tenía ya cierta experiencia con hombres poderosos que deseaban mezclarse con el mundo literario y con autores ofendidos que defendían en lo posible su independencia) y que, si se lee también dos veces, se detecta que está escrita para que la lea alguno de los estúpidos y engreídos personajes que atraviesan las páginas de Jane.

A Su Alteza Real el príncipe regente,
   esta obra está, con el permiso de Su Alteza Real, respetuosamente dedicada a Su Alteza Real por su obediente y humilde servidora,
   La Autora.

La copia dedicada llegó a palacio en diciembre de 1815, y ocupa la primera página entera. Pero no contentos con ello, al poco le llegó el segundo encargo, este de la mano del bibliotecario real, que, aparentemente fascinado por Jane y su obra, se permitió hacer una observación nada extraña a la mayoría de los autores: querría que las novelas hablaran más... de él. ¿No querría Jane Austen convertirlo en personaje, en protagonista, si era posible, de una de sus obras?

Clarke había nacido en Mallorca en 1765, y era un capellán naval que había ascendido por amistad con el príncipe. Muy interesado en las crónicas bélicas, editó durante veinte años una revista sobre la armada británica que gozó de gran éxito: eran los años de gloria de Wellington. Además, él mismo era autor: en 1809 había publicado *La vida del almirante Nelson*. Cuando conoció a Jane no solo se consideraba un autor que podía tratarla de tú a tú, sino un intelectual muy superior a ella: «Solo conoce su lengua materna y ha leído muy poco», dijo de ella.

Jane creía habérselo sacado de encima cuando cumplió con la dedicatoria forzosa, pero aún tuvo que lidiar con las sugerencias acerca de su obra, que despachó con la artimaña de convertirse, exactamente, en el tipo de mujer que Clarke creía que ella era:

> Me siento muy honrada de que piense que soy capaz de retratar a un clérigo como el que usted bosquejó [...]. Pero le aseguro que no lo soy. La parte cómica del personaje quizás, pero no la entusiasta, la erudita. La conversación de un hombre así debe girar en torno a la ciencia y la filosofía, sobre las que no sé nada; una educación clásica, o en todo caso un amplio conocimiento de la literatura inglesa, antigua y moderna, me parece absolutamente indispensable para quien aspire a hacer justicia a su clérigo; y creo que puedo jactarme, con toda la vanidad posible, de ser la mujer más ignorante y desinformada que jamás se haya atrevido a ser autora.

El príncipe regente o el señor Clarke podrían acercarse a ella con la curiosidad que despertaba una nueva voz, o con la displicencia dedicada a una mujer ingenua e inexperta; pero no sabían con quién se habían encontrado. Ni un príncipe, ni mucho menos un capellán real, se entrometerían en la obra de su vida, el único espacio de libertad que había gozado en su existencia. Las palabras de Jane respecto al éxito y la vocación son una declaración de intenciones y de dignidad literaria:

> No, debo mantener mi propio estilo y continuar a mi manera; y aunque puede que no vuelva a tener éxito, estoy convencida de que fracasaría totalmente en cualquier otro estilo.

Jane se consideraba una miniaturista, y ni le gustaba ni le parecía respetuoso que la forzaran a saltar a las grandes obras de óleo. No aceptaba sugerencias no pedidas: después de tantos años dedicados a pulir su estilo y a corregir con paciencia infinita cada uno de los textos reconocía perfectamente a un cretino sin criterio. Eso no le impidió tratarlo con respeto, y vestirse con todo esmero para acudir a palacio.

«Hoy me pongo mi vestido de gasa, mangas largas y sobretodo... y cinta de satén negra trenzada en la parte superior. Sí, el vestido es elegante, pero ¿no se merece una gira privada por la residencia del príncipe que luzca mi mejor vestido?», le escribió a Cassandra.

Quizás Jane dejó más huella en Clarke de la que en un principio imaginábamos: cuando se estudió un diario de retratos, citas y poemas que llevó durante años, se encontró entre los dibujos de mujeres que trazó la imagen de una mujer vestida de muselina blanca, de manga larga y con ribetes negros, y fechada en 1815.

Jane murió siendo aún una promesa; como en el caso de las hermanas Brontë, desconocemos si esa muerte temprana aceleró el interés por su obra, o si los lectores la hubieran convertido en una de las autoras más acaudaladas y famosas de su siglo de haber continuado viva. En los dos casos, las obras continuaron su andadura siendo ya más propiedad de los lectores que de las propias autoras, de las que apenas se conocían dos rasgos convenientes para aumentar su leyenda.

Queda además en la fantasía qué hubiera ocurrido, qué otras obras y qué giros hubiera producido Jane de haber vivido veinte, treinta años más, y de haber continuado la producción de los últimos tiempos. ¿Hubiera sido capaz de escribir algo que opacara *Orgullo y prejuicio*? El estudio de su obra sería entonces muy diferente: podríamos hablar de distintas etapas, de bloques de obras más o menos compactos, del efecto de la popularidad en sus novelas, de la decadencia o esplendor de sus últimos años. Incluso se podría apuntar a una evolución de su estilo, en contacto con las potentes modas venideras. Tal y como fue, las seis novelas austenianas forman un bloque compacto y de rara perfección, diferentes pero relacionadas entre ellas, con una coherencia formal y estilística difícilmente comparable a la de otros escritores.

Tendríamos, también, correspondencia con otros autores, y quizás, con suerte, el intercambio de ideas, técnicas y visiones sobre la novela, la sociedad y la moral. Durante décadas las cartas de Jane Austen fueron consideradas privadas y sin ningún tipo de interés por parte del resto de la familia. En un siglo en el que escritores que no se conocían o apenas se habían cruzado una vez mantenían una cercana relación epistolar durante años, los comentarios de Jane sobre qué había comprado o qué opinaba de sus vecinos resultaban casi sonrojantes: los sobrinos de Jane no podían leer sus cartas en público como una muestra del talento y la erudición de su tía. En el fondo, como Clarke, ellos también habían asistido a la universidad y consideraban que la tía Jane «solo hablaba inglés y había leído muy poco», tutelada, en todo caso, por su padre o los de ellos.

Tendrían que pasar casi doscientos años para que la mirada de la crítica se posara en esa correspondencia rasgada, mutilada, censurada, y extrajera de ella una nueva lectura de la privacidad, del proceso creativo y la voz autorial. El humor delicioso de Jane Austen cobraba un sentido distinto si se solapaba a los acerbos comentarios que conservaban las cartas y se comparaba la interpretación amorosa con el profundo desengaño que desliza en todas sus novelas. La imagen de la autora que escribía por arte infuso en cuartillas dispersas se tambaleaba ante cada una de las frases que le dedicaba a Cassandra en privado en 1813: «No estoy de humor para escribir: de manera que debo escribir hasta que lo esté». Como le ocurriría más adelante a Oscar Wilde, se le atribuirían frases o pensamientos de sus personajes, sin reparar en que no eran más que parodias de comportamientos que rechazaba o despreciaba. «Jane Austen dijo...» ha servido para popularizar conceptos erróneos que otro personaje matizaba o negaba a continuación. Sin las cartas toda esa capacidad crítica, el humor y la desesperación que a veces oculta continuarían enmascarados por el final feliz de las tramas.

Muchos años antes de que el príncipe y la princesa Carlota disfrutaran con las novelas de la desconocida dama de Hampshire, su madre había esbozado una clara preocupación por Jane. Eran los tiempos felices en los que

Cassandra aguardaba, prometida, a que su matrimonio la llevara a una rectoría cercana y Jane... *Quién sabe qué será de Jane.*

Como Henry, Jane siempre pareció demasiado brillante, demasiado buena para el rígido espacio social en el que le había tocado nacer: Edward había logrado la suerte que merecía, o incluso más de la que le era debida, James la obtendría por herencia algún día, Cassy parecía feliz con su destino y Charles y Frances se abrirían camino sin pausa y sin dificultad, pero aquellas dos criaturas de inteligencia rápida y endiablada, de atractivo evidente, pero mala suerte constante, que tanto prometían y que habían quedado en nada... Henry con su misa dominical en Chawton y Jane en casa, cuidando de su madre, muerta tan joven... inspiraban una cierta lástima a quienes se encontraban ajenos a su identidad literaria o a la vida paralela que había iniciado con la publicación de su primer libro en 1811. Para el sentir de su entorno eran dos promesas incumplidas, talentos echados a perder.

Nadie esperaba que Jane, que no había hecho nada reseñable en la vida, dejara ningún legado.

10. El legado de Jane

En julio de 1817 solo unos pocos miles de lectores habían leído a Jane Austen, y la mayoría de ellos desconocía su nombre, o las circunstancias de su vida: fue, por lo tanto, poco llorada por los lectores que comenzaban a recomendar su obra, que generaban segundas y terceras ediciones y que aguardaban, con una cierta impaciencia, a que una nueva novela llegara a las librerías.

De hecho, así fue; pero la publicación póstuma de sus dos últimas novelas coincidió con la revelación de su identidad. Los lectores averiguaron entonces que no podían esperar más historias de Jane, salvo los escritos de juventud, como *Lady Susan*, o los esbozos incompletos de *Los Watson*. Sobre esas seis novelas, los tres tomos de la *Juvenilia* y las cartas supervivientes se ha construido una obra crítica y ensayística ingente; Jane Austen es una de las pocas autoras que se encuentra, sin ningún género de dudas, inserta en el canon literario universal, y nada hace presagiar que su peso en él cambie.

Sin embargo, más allá de la huella que haya dejado en los estudiosos, que continúan analizando su obra y publicando sobre ella, lo sorprendente del legado de Jane es la hondura con la que ha calado en lectores no especializados, en aquellos que buscan en la literatura belleza, evasión, una obra bien escrita y un espejo en el que verse reflejados. Esos lectores, que Jane tuvo desde 1811, no la han abandonado ni un instante: sus obras nunca han dejado de reeditarse, con o sin ilustraciones, con traducciones fieles o anticuadas, con bellas cubiertas o en ediciones baratas, de bolsillo. No han dejado de prestarse en bibliotecas que debían encuadernar de nuevo los volúmenes, ha sido una lectura recomendada de madres a hijas y de tías a sobrinas, se extendió a través de las traducciones y sobrevivió a censuras morales diversas.

Cuando llegó el cine, y después la televisión, las novelas fueron guionizadas, en algunos casos con apenas alguna modificación. El oído de Jane para los diálogos y su amor por el teatro se veían recompensados siglos después con un Óscar al mejor guion para la actriz Emma Thompson, que aseguró que, tras cinco años de trabajo sobre la novela *Juicio y sentimiento*, debía compartir el premio con la propia Jane Austen. Las nominaciones a los mismos premios de la versión de *Orgullo y prejuicio* de 2005 no correrían tanta suerte, pero ratificaban que tanto la inversión de los productores como el interés del público consideraban los textos austenianos como una apuesta segura.

Durante los últimos veinticinco años las adaptaciones audiovisuales se han multiplicado. Si durante los siglos anteriores cada generación de lectoras se identificaba con una estética y con una versión de las novelas de Austen, en la actualidad no hace falta esperar tanto: ni siquiera se exige el original. Una narración «A lo Jane Austen» define un estado de ánimo, pero también una época histórica y una forma de iniciar y resolver los amoríos perfectamente reconocible y que si bien en un principio fue homenajeada por otros autoras, como Georgette Heyer, Emma Tennant, P. D. James o Julia Quinn, ahora se ha convertido en patrimonio de los lectores que desean tributarle un homenaje propio.

Los argumentos, el estilo y la ambientación georgiana aparecen como los temas predilectos en plataformas colaborativas, textos autopublicados y *fanfic*. La *austenmanía* no solo abarca la obra de la autora, sino todo aquello que recuerde a un romance reñido y argumentado dialécticamente, y el modelo básico de estas imitaciones y el que más entusiasmo despierta es el de *Orgullo y prejuicio*.

En 1813 una joven llamada Annabella Milbanke, tras la lectura de esa misma novela, que consideraba «una obra muy superior», decía de ella:

> No depende de ninguno de los recursos comunes de los escritores de novelas: no hay ahogamientos, ni incendios, ni caballos desbocados, ni perritos falderos, ni loros, ni camareras y modistas, ni encuentros fortuitos ni disfraces. Es la ficción más verosímil que he leído. No es un libro para llorar, despierta un vínculo muy intenso, especialmente por el Sr. Darcy. Los personajes que no son amables son divertidos, y todos ellos son coherentes.

Annabella desconocía que era algo pariente de la propia autora, y que compartían una antepasada, algo frecuente entre las familias de su clase: tampoco podía saber que apenas dos años más tarde se casaría, de manera breve e infortunada, con Lord Byron, y que de esa unión nacería la célebre Ada Byron, a quien Annabella intentaría alejar, en lo posible, de la influencia de su padre.

Lo cierto es que Lord Byron y Jane Austen no solo compartían época, algunos parientes y varios amigos, sino también un editor, John Murray, y muchas de sus lecturas de referencia. En 1813 Byron ya había publicado *Las peregrinaciones de Childe Harold*, en el que describía al llamado «héroe byroniano», un ser incomprendido, cruel y desconcertante en ocasiones, sensible y vulnerable en otras. Ese modelo, perfeccionado por él, bebía de figuras y personajes como Hamlet, el Satán de Milton, el Montoni de *Los misterios de Udolfo* de Ann Radcliffe o el Lovelace de Samuel Richardson.

Las lectoras de la época, en especial las jóvenes aristocráticas, que fueron sus primeras destinatarias, se perdieron por Childe Harold, por transferencia, cayeron en un enamoramiento ciego y sordo por Lord Byron.

Por lo tanto, ¿cómo no fascinarse con el señor Darcy, la respuesta de Austen a ese modelo, tamizado por sus propias lecturas y su estilo único? Darcy, como Childe Harold, como el Corsario, apela al desafío de la redención, a la domesticación de ese ser altivo, arrogante, perdido y vulnerable, a través del amor de la mujer adecuada. El misterio insondable de lo que han vivido esos hombres amargados y orgullosos solo se revelará a quien sea capaz de vislumbrar, bajo las espinas, la vulnerabilidad y la pasión que ocultan. Solo la elegida recibirá esa recompensa.

Por supuesto que a Annabella Milbanke le encantó Fitzwilliam Darcy; le gustó tanto que cuando se encontró con un Darcy de carne y hueso afrontó críticas, vientos y mareas para casarse con él. Desoyó el dolor y las advertencias de su prima, Lady Caroline Lamb, que había dicho que Byron «estaba loco, era malvado y conocerlo suponía un peligro». Pero también Lady Caroline había creído que podría domarlo. No sirvió de nada el que el propio Byron la advirtiera de que iba a casarse con el diablo. Las elegidas se creen elegidas por algo.

Annabella había ya rechazado a Byron en una primera petición de matrimonio, alertada por las diferencias de carácter entre ellos, pero durante años había coqueteado y mantenido amenas conversaciones con él, duelos de ingenio en los que él usaba su afición por las matemáticas para dolerse de su indiferencia. «Somos dos líneas paralelas que se prolongan una al lado de la otra hasta el infinito, pero destinadas a no encontrarse nunca...».

El resto de la historia es bien conocido: pero quizás no tanto como para impedir que, en las décadas posteriores y en la actualidad, se produjera una byronización progresiva no solo de Darcy, sino de casi todos los personajes masculinos de Jane Austen. Las adaptaciones televisivas y sus imitaciones han caído en ello sin rubor ninguno, no solo en una estética cada vez más deudora del dandysmo, sino en una exaltación de todo lo que la autora rechazaba en vida y en la propia ficción. Hacen falta el temple y el autoanálisis de Elizabeth Bennet para enfrentarse y desenmascarar a Darcy, que no es, en el mejor de los casos, sino un aspirante a héroe byroniano muy consciente de sí mismo y que, despojado de su misterio, se asemeja sospechosamente al propio padre de las Bennet.

Pero en una lectura más detenida, menos superficial, de sus obras, algunas lectoras descubrieron que en realidad reventaba el globo de ese héroe byroniano, al que Jane trataba con poco respeto y del que mostraba siempre las incoherencias y costuras, incluso cuando se encontraba fascinada por él, como es el caso de Willoughby en *Juicio y sentimiento*. Parte de la indignación que generaba en Charlotte Brontë, cuyo modelo de protagonistas masculinos nada tenía que envidiar a la toxicidad byroniana, se genera en esa negativa de Austen a rendir pleitesía al hombre arisco.

Cuando en enero de 1848 el crítico literario George Henry Lewes le recomendó a Jane Austen en una carta, Charlotte se apresuró a afirmar, con su habitual vehemencia:

¿Por qué le gusta tanto la señorita Austen? Eso me desconcierta. ¿Qué lo llevó a decir que preferiría haber escrito *Orgullo y prejuicio* o *Tom Jones* antes que cualquiera de las novelas de *Waverley*? No había tocado *Orgullo y prejuicio* hasta que leí esa frase suya, así que conseguí el libro y lo estudié. ¿Y qué encontré? Un daguerrotipo preciso de un rostro vulgar; un jardín cuidadosamente cercado y bien cultivado, con bordes prolijos y flores delicadas, pero sin el destello de una fisonomía brillante y vívida, sin campo abierto, sin aire fresco, sin colinas azules, sin arroyos bonitos. No me gustaría convivir con esas damas en sus casas elegantes pero opresivas.

Es decir, lo que no le gustaba a Charlotte de Jane es que Jane no escribía como ella. Para ser completamente justos, la sociedad que Jane describe es exactamente la que debió de vivir la madre de Charlotte y de la que les hablaba su tía Branwell, que les cuidó tras la muerte de aquella. Ella sí había disfrutado de bailes y fiestas en Penzance, conocía aquellas claves sociales. El matrimonio con el padre de las Brontë había sido acorde a su clase, pero las condiciones económicas en las que las hijas vivieron las alejaban por completo de experiencias como aquellas. Charlotte, que poseía muchas virtudes, pero entre ellas no se encontraba el control de la envidia, encontraría desesperante la descripción de aquella sociedad inalcanzable.

La discusión entre crítico y escritora continuó, sin que Charlotte cediera: «La señorita Austen, siendo como usted dice sin sentimiento, sin poesía, puede ser —es— sensata, real (más real que verdadera), pero no puede ser grandiosa». Años más tarde cedió unos milímetros: Jane continuaba pareciéndole fría y mecánica, pero reconocía «su extraordinaria técnica»:

Leí *Emma* con interés y con el grado justo de admiración que la propia señorita Austen habría considerado sensato y adecuado: cualquier cosa parecida al fervor o entusiasmo; cualquier cosa enérgica, conmovedora, o sentida, estaría completamente fuera de lugar al elogiar estas obras. Su labor al delinear la superficie de la vida de la alta sociedad inglesa es extraordinariamente buena; hay una fidelidad 'china', una delicadeza en miniatura en sus retratos: [...] Su tema no es tanto el corazón humano, sino los ojos, boca, manos y pies; le interesa la mirada aguda, el lenguaje preciso y la flexibilidad de movimientos, pero lo que hace que la sangre arda, el invisible origen de la vida y lo que nos convierte en blanco sensible de la Muerte... eso la señorita Austen lo ignora.

Jane resultaba anticuada para los autores de vanguardia, pero sobreviviría a la corriente romántica, muy a pesar de otras voces críticas como la de Mark Twain, que expresaba su desagrado por ella en términos tan enfáticos que recuerdan el famoso verso de Hamlet en el que Gertrudis comenta «Creo que la dama protesta demasiado».

Mark Twain, nacido veinte años tras la muerte de Jane Austen, la veía también como una autora fosilizada, muerta en vida. El rebelde, el antisistema, el autor disruptivo aborrecía la estructura ordenada y la sociedad descrita por la autora, y, en apariencia, era incapaz de entender la sátira que él mismo ejercía en las novelas que criticaba. Reconocía que no había finalizado sus libros; sus juicios, por lo tanto, eran tan divertidos como injustos.

Hace que deteste todos sus personajes. ¿Es esa su intención? No resulta plausible. Entonces, ¿se propone que el lector odie a todos sus personajes hasta la mitad del libro, para ganar luego su afecto en el resto de sus capítulos? Podría ser. Eso sería arte de primera. Así sí merecería la pena. Algún día leeré la otra mitad de sus libros y lo comprobaré.

Jane Austen se convirtió para él en un chiste fácil, en una forma telegráfica de mostrar su rechazo a un tipo de literatura formal, establecida, y, por extensión, a una manera de entender la cultura de su época, y las alusiones a ella en sus libros y artículos menudearon.

Los libros de Jane Austen están ausentes en esta biblioteca. Ese solo hecho haría que cualquier biblioteca fuese buena, aunque no hubiese ningún otro libro. [...] Soy incapaz de leer su prosa... como me pasa con Jane Austen. No hay diferencia. Podría leer la de él si me pagaran, pero no la de Jane. La de Jane es completamente imposible. Es una auténtica lástima que permitieran que tuviese una muerte natural.

No suelo criticar libros a no ser que los odie. Los de Jane Austen sí, pero sus libros me irritan tanto que no podría ocultar mi malestar frente al lector, y por eso tengo que parar siempre que comienzo. Cada vez que leo *Orgullo y prejuicio*, siento ganas de desenterrarla y golpear su cráneo con sus propios huesos.

Más recientemente, el premio Nobel de Literatura de 2001, V. S. Naipaul, abanderado de las historias no narradas y de las literaturas excluidas, usaba a Jane Austen como la máxima expresión de la novela escrita por mujeres y como blanco del desprecio que le generaban. En 2011 le preguntaron, durante una entrevista en la Royal Geographic Society, si consideraba a alguna escritora mujer como su igual literario.

No. De Jane Austen, por ejemplo, no podría compartir en absoluto sus ambiciones sentimentales, su sentido sentimental del mundo. Las escritoras son un mundo aparte. Leo un fragmento y en uno o dos párrafos sé si está escrito por una mujer o no. Y sí, creo que son inferiores a mí debido a su sentimentalidad, a su visión limitada del mundo. Es inevitable, las mujeres no poseen el poder, y eso también se refleja en su escritura.

Naipaul, descrito por quienes lo conocían como un hombre contradictorio, difícil, racista y misógino, difícilmente puede aportar una opinión válida sobre unos textos que ni siquiera tenía intención de comprender. Sin embargo, las expresiones que emplea delatan e ilustran la mayoría de los tópicos dichos a ciegas sobre esta autora, prolongados y agravados por el tiempo: la percepción de su lectura como un hecho emocional y no literario.

Estas opiniones, si bien llamativas, son la excepción: el genio de Jane Austen se encuentra tan reconocido y consolidado que la convierte en un blanco fácil para quienes desean contravenir el canon establecido. La usan cuando hablan de la excesiva presencia de las mujeres, justifican su ausencia o critican a las lectoras mujeres. Como ocurre con otros casos similares (Virginia Woolf, las Brontë, Emilia Pardo Bazán, George Sand), el personaje se ha convertido en un símbolo que abarca mucho más que su propia obra, y absorbe, por lo tanto, críticas que nada tienen que ver con ella.

La adoraron, en cambio, y lo manifestaron en público, otros autores muy diversos: el escritor francés André Gide, ganador del Premio Nobel de Literatura en 1947, quedó fascinado por ella y por *su exquisita lección literaria de lo que puede y no hacerse.* Y, si Twain es su detractor más conocido, quizás su defensor más coherente haya sido Vladimir Nabokov, que, tras algunas reticencias, leyó *Mansfield Park* con la intención de incorporarla a su curso de literatura en la universidad de Cornell y la consideró una obra maestra, una «peculiar hendidura. Austen te desarma», decía, «al introducir sigilosamente un toque de delicada ironía en medio de los componentes de una simple oración informativa».

El acuerdo sobre su genio, sobre la importancia de su legado, surge cuando se desvanecen los prejuicios inherentes a su época, a su sexo, a su condición, a todo aquello que ella padeció y que la limitó. Cuando el texto habla por sí mismo el ingenio, la claridad de la estructura, los distintos planos que permiten una lectura cambiante y distinta que refleja la realidad del lector desarman cualquier reticencia.

Dudo, a menudo, si el interés biográfico que ha despertado su figura en los últimos años, y que yo misma he contribuido a incrementar, ha favorecido un mayor conocimiento de su obra, o ha contribuido, sin más, a una mayor caricaturización. Los tópicos, como el bambú, crecen deprisa y extienden sus raíces de manera imparable. Una de las vías de acceso a la obra de Jane continúan siendo las adaptaciones, todas ellas libres, muchas incoherentes con su pensamiento. Como dije en el prólogo de este libro, conocemos a Jane antes de leerla, incluso sin que para ello haya sido necesario abrir una sola de sus obras. Esta circunstancia, un logro de la pervivencia de su obra, supone también su mayor debilidad: la mente humana es tenaz, se aferra al primer dato que recibe y lo atesora durante años antes de mostrar la menor voluntad para cambiarlo. Supone un esfuerzo que quien haya despreciado las novelas de Jane como meros enredos amorosos entienda qué se encuentra bajo las conversaciones de salón y los resúmenes que han llegado de sus obras. Y en otros casos quien ha encontrado consuelo y alivio precisamente en esas tramas sentimentales no desea que su lectura cambie, ni quieren otras Jane que no sea la suya.

Pero así debe ser: la relación con un autor, por mucho que deseemos interpretarlo y explicarlo, es tan privada y perdurable como un vínculo amoroso real. Si algo he pretendido a lo largo de estas páginas es que quien lo desee conozca a Jane Austen bajo una mirada diferente, mi mirada, y que disfrute de un vistazo fragmentado sobre una vida que continuamos reconstruyendo a retazos, con la intención de que nos permita disfrutar de una obra, esta sí, completa, incuestionable e inmortal.

Biblioteca **Jane Austen**
en El libro de bolsillo

Orgullo y prejuicio

Mansfield Park

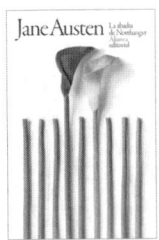

La abadía de
Northanger

Persuasión

Lady Susan y otras
novelas

Sensatez y
sentimiento

Emma